INK

文學叢書

057

一個青年小說家的誕生

藍博洲◎著

目次

自序 不悔少作

藍博洲

《一個青年小說家的誕生》是我習作小說以來的第一部中長篇作品。原題《死亡之後才是誕生》。起筆於一九八四年九月左右。

那時候，我正在高雄大崗山下某個不准穿軍服、上下班式的營區服役。起初，岡山的羊肉、生啤酒，以及卡拉ＯＫ，是打發日子的一種方式；可一段時日之後，卻怎麼也提不起勁再這樣繼續消耗身體與時間了。於是在一種無聊、苦悶的生活況味下，我開始利用每個下班後的晚上，躲在一間老士官爲我安排的儲藏室，書寫題爲《死亡之後才是誕生》的小說。

在此之前的大學時代，我只在《中外文學》發表過四篇小說習作，都是一萬字上下的短篇；長一點的小說還沒有寫過！對文學的認識也還處在「內容與形式」如何統一的矛盾狀態。

稍涉台灣文壇狀況的人都知道，現實主義的小說美學正是那個年代所有自命「進步」的文學青年服膺的寫作路線。我也清楚地知道，部隊外頭，台灣文學界的新生代正在進行著「鄉土文學論戰」以後的文學實踐運動；凡寫作者必有相當強烈的「社會意識」，或「本土意識」。儘管大部分作品的內容稍嫌單薄，形式也嫌粗糙；但相對「現代主義」以降的文學主流而言，它終究是那個時代的新聲音。

在立場上，我當然是認同那條進步路線的。但是，因爲還年輕，生活的歷練不夠，意識形態的思想鍛鍊也還不足；所以也寫不出什麼有「社會意識」的小說。另一方面，因爲不寫詩，也就沒有參與當時幾個新起的青年詩刊。

在文學的路上，終究只能一個人孤獨地走著。

一九八五年元月底，歷時近半年之後，終於一氣呵成地完成這部九萬字左右的中長篇小說處女作了。然後在一時衝動下寄給當時創刊不久的《聯合文學》。一、兩個星期後，沒有意外地收到退稿。理由是「稍不合於本刊」。

我當時想，我的寫作終究是不合時宜的。

後來，我就把這部小說收起來，不再去想寫小說的事。

一九八六年六月退伍。我先是投入《南方》雜誌的創刊工作；繼而又到中南部爲新成立的反對黨立委候選人助選；然後於第二年春天加入《人間》雜誌報告文學的工作隊伍。爲了認識被湮滅的台灣近現代史，進而在這樣的認識基礎上，寫作反映台灣歷史的大河小說，從此展開台灣民眾史長期的調查、研究與寫作。因爲這樣，後來就眞的忘記自己還有這麼一部未發表的小說了。

一直要到一九九四年的農曆過年期間吧！我在老家的舊書堆裡想要找本小說什麼的來讀讀，藉以打發那無聊卻又不得不過的世俗的年。翻著翻著，卻在書堆裡翻到一只厚厚的、密封的信封袋；我好奇地折開，發現裡頭竟是自己近十年前所寫的那部小說。

我於是從頭讀了一遍自己的少作。我一邊讀一邊不由地回想起當年對寫作的那份狂熱。

我想，不管如何，這部小說畢竟是自己年少時候在文學寫作的路上走過的腳蹤；而文學除了是自己所選的人生志業，它更要對讀者負責的；那麼，就讓那些腳印留下來，作爲對自己、對讀者的歷史交代吧！過完年，我於是將這部原題《死亡之後才是誕生》的少作，易名《一個青年小說家的誕生》，然後一字不改地寄給當時的《聯合文學》總編輯初安民先生。

承蒙初先生對我這樣的「異類」的包容與支持，除了答應出版這部舊作之外，並把它推介給當時的《自立晚報》副刊沈花末主編，從一九九五年十二月廿二日起連載刊登。這使得當時正苦於經濟壓力的我，稍稍能夠喘一口氣。然而，與此同時，一些讀了連載的朋友卻不以爲然地給我批評：「怎麼！都這把年紀了，還寫這種小說？」他們並不知道那其實是我十年前的少作。

因爲這樣，我想，如果沒有新的小說創作，卻貿然出版一部不成熟的少作，對讀者、對自己，都是不負責的。我於是要求初先生暫緩出版這部舊作。

「等我寫出新的小說再一起出版吧！」我向初先生提出這樣失禮的承諾。

二〇〇二年，終於履行自己「四十歲時重新開始小說創作」的承諾，完成並出版了長篇小說《藤纏樹》。通過寫作的實踐，雖然一定解決了「內容與形式」如何統一的問題；但是，長期以來寫作報告文學的紀實規範，卻讓我虛構小說的想像力受到寫作習慣的制約，無法放膽前進。

一八五七年，馬克思在〈《政治經濟學批判》導言〉中說過：「一個成人不能再變成兒童，否則就變得稚氣了。但是，兒童的天眞不使他感到愉快嗎？他自己不該努力在一個更高的階梯上把自己的眞實再現出來嗎？……」

爲了尋回當年寫作時的天眞與熱情，刺激自己「努力在一個更高的階梯上把自己的眞實再現出來」而繼續小說創作。我想，現在應該可以讓這部整整二十年前的少作面對讀者的批評了吧！

不管過去或現在，在文學寫作上，我一直按著自己的思想認識孤獨地前進著。儘管在現實的文學生態上，我是一個永遠不符市場與政治庸俗需要的「不合時宜者」；可我始終不曾後悔在年輕時候寫過《一個青年小說家的誕生》這樣的作品，天眞的作品，有著我年少眞摯思維的文學軌跡。

二○○四年四月廿二日，記於五湖山村

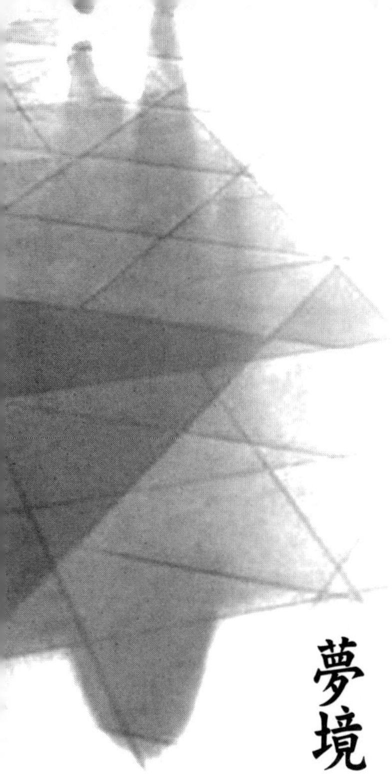

夢境

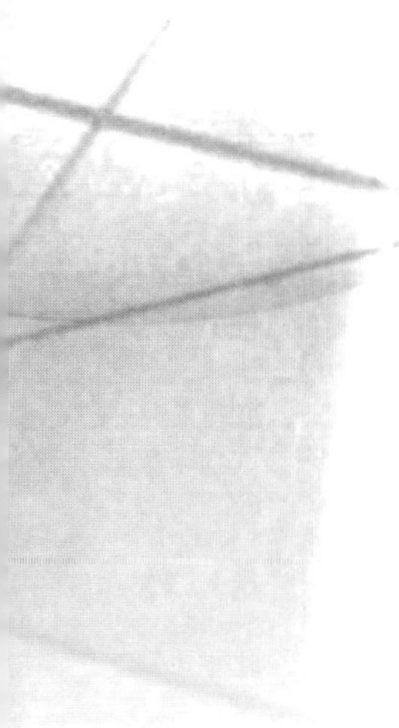

怎麼回事?爲什麼這些影像流逝得那麼快?抓都來不及!記不住!記住的只是一些零碎的、被切割的畫面，回憶起來，不!事實上，你現在正看著那個瘦削的男孩在你的眼前晃漾著，他的頭髮剪理得短短的，一根根硬直地往天空的方向伸展著，他穿著一身黃卡其的軍訓制服，趿著一雙破舊有裂痕的黑色皮鞋，一、二、一、二……那雙皮鞋以一定的節奏踩在柏油路面上，現在腳尖接觸地面了，輕輕地，然後整個腳掌著地了，但，另外一隻腳爲什麼要抬起來呢?走路!噢，是的，他正在走路，你看到那隻原本落地的腳的腳尖蹬地抬起，咦!街上怎麼沒有人?好孤獨哦!那個男孩子!他要去哪裡呢?太陽曬得那麼酷毒，大熱天，也不戴頂帽子，急著去哪裡呢?喂!怎麼不說話?跟我聊聊天嘛!咦!奇怪?怎麼在這時聽到了火車的汽笛聲呢?那個男孩呢?哪裡去了?怎麼一轉眼就從眼前消失了?唉!算了，管他去死!天這麼熱，睡個好眠的午覺比較要緊啦!……喂!我在這裡啦!……咦!是誰?是誰在跟我說話嗎?煩死了!人家就快要睡著了，又被吵醒!你張開眼睛，於是看到一列疾馳在山谷中的火車呼呼地不知駛向哪裡?在火車上，你又遇見了那個男孩——剛剛是你在和我說話嗎?是的!他說，你不是在找我嗎?我在找你嗎?我爲什麼要找你?我找你幹什麼呢?我們認識嗎?你問他。他說，我們早就認識了。是嗎?你想。你是誰?我是你!他說。怎麼?他是我?你想，奇怪!那我是誰呢?你問他。你是我!他說，我是你!你是我?可是，到底誰是誰呢？你的腦筋打結了，糟糕！還是死結呢！管他去死！剪掉算了！那個男孩於是又消失了，咦！火車怎麼停了？你只好走下車，走入地下道，走出月台，你站在火車站的出口，四處張望著眼前陌生的城市，你看到一輛土黃色的客運車從汽車站駛出，繞了廣場的圓環一圈，然後瀰漫著煙灰奔往遠方，你看到車站前面排列著的計程車，去哪裡？坐車嗎？幾個中年男子上來向你搭訕，你搖搖頭，他們於是又回到公共廁所旁邊的水泥地上圍聚著，哇！糟了！肚子裡頭怎麼咕嚕咕嚕地響呢？呸！……哇！放屁了！不對！拉肚子了！快！快去上廁所！別在街上拉屎！羞死人了！人家三歲的小孩都會自己脫褲子，坐在馬桶上拉屎，然後自己拿衛生紙，幹什麼？廢話！當然是擦屁股嘛！咦！是誰？是誰在跟我說話？連個影子都沒看到！會是誰呢？偷偷摸摸地，見不得人嗎？你是誰？我是你！怎麼，又是你！你要幹什麼？你跑進廁所，叩—叩—叩，有人啦！裡面的人一面拉屎一面嗯嗯地說，叩—叩—叩，第二間，叩！叩！叩！怎麼？又有人！眞倒楣！快呀！快去敲第三間的門，別褲子沒脫就拉出來了，羞死人呢！叩！叩！叩！……呼！總算沒人了，你於是拉開門，就要進去解放，喂！少年仔！棒屎要五塊錢啦！幹！他媽的！拉個屎還要五塊錢！拿去啦！你丟了一個銅板給那看門的老頭，關門，脫褲子，嘩……哇！怎麼拉稀了？早上吃了什麼不清潔的東西？沒有呀！你說。沒有？沒有怎麼會拉肚子？咦，你是誰？我拉肚子不關你的事！怎麼不關我的事？我就是你，你就是我，你的就是我的，我的就是你的！看，你吃壞肚子了，明天考試考不好怎麼辦？他停了一下；呸……一陣稀哩嘩啦！他又說，等會到藥房買瓶征露丸，吃幾顆就見效了，知道嗎？知道了！記住，這是你最後一次的機會了，考不上，你就要當大頭兵去了，當完兵，你能幹什麼？病懨懨的！文的不行，武的也不行！難道你要你媽養你一輩子不成？羞不羞呀！就是買輛車子讓你開計程車，你也一定一天到晚給我出事的！不會啦！你說，我想念大學啦！不會？你還想跟人念大學？看你考得上嗎？聲音在你走出廁所的時候又消逝了，你走過圍聚在牆角的計程車司機們的身邊，你看到他們在那裡賭梭哈，你停了一下，然後，你又看到那個男孩他一個人投宿在那座陌生的城市的一家小旅館。現在，你看到他很用心地看書，一直看到深夜時候才上床睡覺。不久，他就要進入夢鄉了，你想，在夢中，他或許會告訴你一些什麼心裡的話的……。

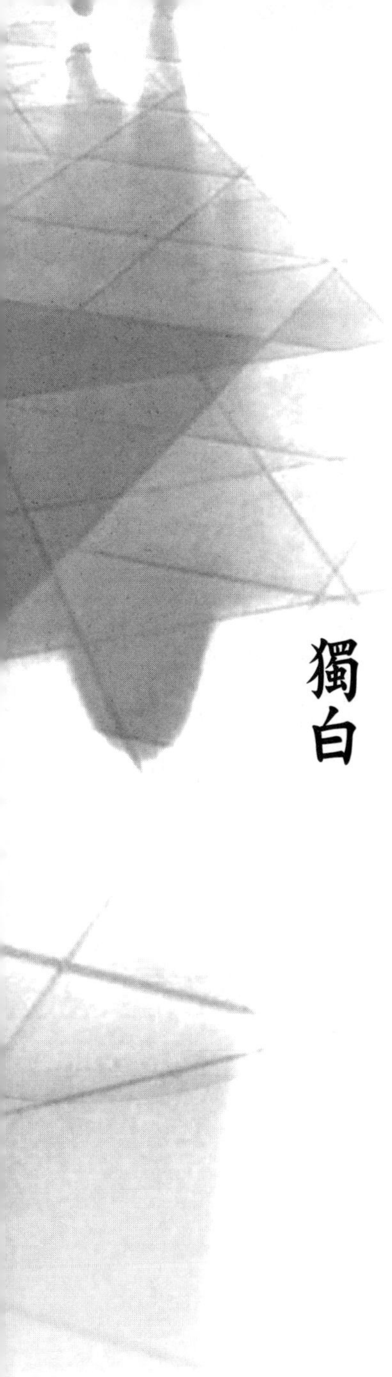

獨白

我突然地感到腰腹那裡一陣刺痛，我於是呻吟著，漸漸地甦醒了過來，在茫漠的情境中，我模模糊糊地聽到空氣中流動著輕細的說話聲。

「醒了，」我彷彿聽到一個女子的聲音，「媽，弟弟醒了……」

我睜開眼睛，濛濛地一片；然後，我好像又睡著了，我不知道究竟是怎麼一回事？我不知道我在哪裡？我只覺得自己彷彿就要從極沉極沉的睡夢中醒來，我看到自己的身子掙扎著要從夢境的深淵中爬上來，好累！好累！掙扎於清醒與昏睡的邊界上；然而我已經記不住入睡之前的情景了，只隱隱約約地記得：那時，我人是在考場上；但我不敢確定是不是就是這樣子？你知道，這幾年來，聯考的重擔一直沉沉地壓在我的心頭上，只有偶爾走在街上時，我的心中才會騰出一點空間來幻想，幻想自己跟街上走過的女孩發生一些愛情的故事，甜甜蜜蜜的！轟轟烈烈的！愛得死去活來的！就像電影裡面看到的那樣；但，那也只是一下子而已！通常，我走路的時候，我吃飯的時候，我搭公車的時候，甚至我睡覺的時候，我的腦子裡所想的都只是聯考！聯考！聯考！乙組！國文！英文！數學！三民主義！地理！歷史！國文加重計分百分之廿五！……數學再怎麼考也是零分，放棄算了！一大早，我從睡夢中醒來，睜開眼睛，我看到的是高掛在對面牆壁上的日曆，四月廿五日！我下床，撕掉四月廿五日一天廿四小時的生命，四月廿六日！然後我用紅筆寫上大大的阿拉伯數字66；我告訴自己只剩下六十六天了！數學放棄算了，國文的作文分數要把握住，歷史和地理多複習幾遍，英文的生字……三民主義要密切注意時勢，記住：「三民主義統一中國」的大原則，這是基本國策！記不住，你就完了！我走到盥洗室，65！我蹲坐在馬桶上，呸……通……63！我擦屁股，61！我站起來，穿好褲子，59！我揿下按鈕，水於是嘩啦嘩啦地沖走穢物，50！我用肥皂洗手，48！我然後把洗臉槽略微地沖洗乾淨，47！放滿水，45！我把剛從睡夢中醒來的臉浸在水中，40！我抬起頭，39！我順手在鐵架上拿了一條乾毛巾，38！擦擦臉，37！把毛巾放回鐵架，36！我用沾了水的肥皂擦臉，35！刮鬍子，34！我用清水把臉洗淨，33！水放掉，32！擦臉，31！刷牙，30！換下內褲，29！他媽的！什麼時候才有愛情？用功！用功！只要考上大學就不必愁這些了，28！我走出臥室，走到巷子口的老王豆漿店，27！老闆，一碗豆漿，一套燒餅油條，豆漿加個蛋，26！媽媽說，什麼都可以省，吃不能省，要注意營養，25！一天一個蛋，食品專家說，供應充分的蛋白質，24！我走到羅斯福路等車，站牌下排了長長的一列，23！車來了，人群蜂擁地擠向車門，22！下車的人大聲嚷著說，先下後上，21！擠呀擠，車掌說，擠不下了，搭下班吧！20！擠呀擠，他媽的！中國人，天生的難民性格，乘客說，打卡來不及了！老闆要扣錢的，19！閉目休息吧，睡眠時間越來越少了，休息一下吧，不要在課堂上打瞌睡了，時間就是金錢，媽媽賺錢很辛苦的，18！他媽的！車子怎麼晃得這麼厲害？司機喝酒了嗎？一大早？砰！幹！煞車煞得那麼急，想死啦！17！眼睛閉起來，再睡一下吧！咦！什麼味道？資生堂？蘭麗？丹頂？恩斯達？哇！狐味，16！離遠一點，15！下車，14！南陽街的早上，早安，13！頭怎麼一直點個不停！12！這題考不考？11！十二點了，好快！10！老闆，一碗牛肉湯麵，大的，9！看麵攤的報紙，油膩膩的，一位北一女的高三學生因爲受不了聯考的壓力，跳樓自殺，當場死亡，8！自殺是懦弱的行爲嗎？請用「○」或「×」作答，答對得兩分，答錯不給分，並且倒扣，7！我用筆很快地在答案欄上塡了一個「○」，6！爲什麼？太消極，5！我相信這一定是標準答案，我一定可以拿分的，聯考是人生必經的過程，在沒有比這種制度更公平、更合理的方式施行時（永遠不會有！）我們沒有理由抗拒它；標準答案，得兩分，4！剩下四天了！全力準備地理、歷史和三民主義吧，記住「三民主義統一中國」的大原則，3！剩下三天，沒有把握，怎麼辦呢？不考算了，寫本《拒絕聯考的小子》吧，一定可以出名的——反叛的小子，2！反叛？沒錯！但是我要肯定什麼？我不知道！我什麼都不知道！我只是受不了這種呆板、重複的乏味的生活！「我必須考個好大學來報答母親！」我在日記上寫著，1！最後一天了！天這麼熱，游泳去吧？！不行！背書吧！「臨陣磨刀，不利也光」？唉，好累！吃兩粒克補，十二點了，一點了，上廁所小便，咦！衣服幾天沒洗了？管他的！一點半了，算了，睡覺吧！睡吧！放心地睡吧！

不要失眠，開始數羊，一隻羊！兩隻羊！三隻羊！四隻！五隻！六隻……ZZZ……Z……Z……Z……ZZZZZZZZ。

然後，我醒來，發現自己已經坐在中華民國台灣省私立大學院校聯合招生考試的試場上，我感覺到陽光高照的天空下流動著緊張的空氣，我在座位上徒勞地專心作答數學科的題目——數學這一科我早就放棄了！去年，我奮戰到下課鐘響時才交卷的，我胡亂地在試卷上塡上一些數字，結果得到了零分，那時，我曾經自己算過，認眞地計算起來，我的實際分數是負廿三點廿五——管他的，這些都無所謂了，反正，最糟也只是零分而已，我於是耐住性子，一一地計算作答，準備奮戰到底！後來，不知怎麼地，肚子一陣絞痛，痛得我咬緊牙關也忍不住掉淚，痛！痛！痛得我倒在地上滾著、號叫著，考場的秩序亂了，救護車的聲音尖銳地響著，我被抬上擔架，車子呼嘯著駛出考場，橫衝直撞，停在一家醫院的門前，我被抬進醫院，醫生的診斷，然後急急地送入手術房，我記得，醫生說是急性盲腸炎，後來，護士小姐走進來，她給我的腹下部分搽酒精，消毒，剃毛，醫生進來，給我注射麻藥，然後我就什麼都不知道了……。

往事之一

在病床

「醒了，」坐在床畔椅子上的女孩搖了搖坐在窗下沙發上的婦人，說：「媽，弟弟醒了。」

打盹的婦人張開眼睛，站起來，走到床畔，細心地看護著在床上呻吟著喊痛的男孩從昏迷中逐漸醒來。

「阿英，你到樓下喊醫生來。」那個婦人催促女孩。

女孩大概廿五歲左右的年紀，腦後綁著一束馬尾，上上下下地跳著，往樓下的醫務室走去。

醫院在城市的南端，面臨一處十字路口，緊接著一處菜市場。夏天的傍晚，市聲已然沉寂，在市場的馬路上，行人寥落，零散幾個未收攤的小販——賣蔬菜的，賣魚的，賣肉的，賣水果的（西瓜、龍眼、芒果、番石榴、葡萄）；每隔幾步便有堆聚的垃圾，在那裡靜靜地招迎蒼蠅，發散臭氣；一直要到清潔隊的人清掃收拾之後，市場才會暫時地清潔。但，沒多久，第二天的市集又要開始了，髒亂、喧鬧、人潮，再度重臨市場。那家醫院現在就靜靜地站在安靜的黃昏之中。

她跟在醫生的後頭，爬上樓梯，走在長廊的大理石地板上，走進底端的那間病房，開門，進入病房。

「醫生！」婦人欠身，讓醫生走近床畔。

醫生看了看呻吟著逐漸甦醒的病人，然後告訴婦人：「沒關係啦！還不要給他吃東西，等放了屁之後，再讓他吃些稀飯。」

病房約莫四、五坪大——一張病床，一桌茶几，一張沙發，沙發上面是一口窗子，窗外是街道。這時候，夕陽照了進來，黃澄澄的陽光移灑在病人的臉上；他不由地把臉轉向牆壁。女孩於是走向窗口，拉起淺綠色的窗帘；病房立時幽暗了些。醫生從她身前走過，走出房門時，他順手按亮病房的燈；白花花地亮了一室。他帶上門。她聽到腳步聲在門外逐漸遠離沉寂。

「痛！」床上的病人呻吟著，眼睛還沒有張開來，「痛……痛……」

他在昏睡中不自覺地伸手要抓右下腹部的開刀口，她警覺地拉開他的手。

「阿弟，傷口不能摸！」她說。

他的手仍然要去抓，頭不停地搖晃著。

她穩住他。

「醒來，醒來了！」婦人急切地望著床上的病人。

「好痛！」他睜開眼睛，迷迷濛濛地，兩個影子在眼前晃漾著，「好痛。」

「不要緊，」婦人說，「痛一會就不痛了，忍耐點，阿弟！」

現在他似乎清醒過來了，他仔細地辨認著周遭的景物。

「媽！」他叫那婦人

婦人對他點頭，含著淚。

「姊姊！」他喊女孩。

「阿弟！」她握握他的手心。

他看到白茫茫一片的天花板，白花花的牆，一口窗子，淺綠的窗帘，夕陽透過帘幕灑進來溫暖的昏黃。

「我在哪裡？」他輕聲地問。

「在醫院！」

「在醫院？」他想了一下，於是記起自己在考場上肚子突然抽痛而被送往醫院，然後望著醫生臉上蒙著的口罩，手上握著的手術刀，就悠悠地睡過去了。

「割掉了嗎？」他問姊姊，然後對媽媽說：「對不起！媽，今年又落榜了，浪費那麼多補習費！」

「沒關係的！」婦人說，「媽媽還能做，只要你考上好的大學，媽再苦也沒關係！」

他別過頭，慚愧地。

女孩說：「黑黑的，腫得像條香腸！」

「在哪裡？」他說，「我也要看看！」

他想，都是這段無用的盲腸作怪，偏偏在聯考時候發痛！這次，又落榜了！他想哭，但哭不出來。

女孩說：「我下樓去向醫生要來給你看。」

她走出房門，下樓。

這時，天色已經完全暗下來了。婦人走向窗口，拉開窗帘，一盞路燈在窗外亮著。

「肚子餓了吧？」

「哦，有點餓！」他摸摸肚皮，「媽，對不起！」

「忍耐點！」她對兒子說，「醫生說，還沒放屁，不能給你吃東西；這樣子，刀口復合才比較快。」

「媽……」

「怎麼了？」

「媽……」他猶疑著，然後鼓起勇氣說，「媽，明年我不考了！」

「爲什麼？……不是還可以考一次嗎？」母親問，「怕考不上嗎？」

「不是啦！」

「怎麼？」

「念得沒意思啦！媽。」

「沒意思？」母親的臉色顯得有點不高興，「念書都沒意思，還有什麼有意思？像你這種身體，不念書？難道要跟人家去做苦工！吃得了苦嗎？」

「不是不喜歡念書啦！媽，」他試圖解釋給母親聽自己的想法，「媽！我想先去做兵，等做完兵，再來念夜間部。」

「唉！你這孩子。」母親嘆氣，感到安慰，說：「你怕花錢是嗎？放心啦！只要你考上大學，將來有好出路，你姊姊和我都會很安慰的！那時候，走在路上，人家也才看你有起。」

「不要操心啦！」母親又說，「等身體好起來，再到台北的補習班補習，今年考不上，用功一點，明年考上了還不是一樣。」

「……」他躺著，若有所思，「媽，我想不補習了，補習班……沒意思啦！」

「怎麼說呢？」

「反正……反正，那裡學不到什麼做人做事的道理就對了！」

「是這樣嗎？」母親疑惑著，「……不管啦！只要考得上大學就好了！上了大學，再跟大學裡有學問的老師認眞學習，慢慢補回來。」

「……」

他不知道到底要怎麼跟母親訴說自己內心的想法才好。在日據時代，少女時候的母親並沒有受過基本的教育，不識字的母親於是全力要讓他們姊弟兩人接受好的教育。

「媽這輩子就吃虧在不識字……」母親時常感慨地對他說：「連報紙都看不懂，世界到底變得什麼模樣也不知道？」

是的，母親她就是不懂時事。他想，他要如何才能讓母親瞭解台灣的大學教育並不是她想像的那麼一回事呢？然而，這也不是頂重要的！他想。他以為，要緊的是，告訴母親：自己並不很想念大學！

「不念大學？」她生氣了，「不念大學，你能幹什麼？沒出息。」

他望著母親生氣的臉神，然後怯怯地說：

「我想寫小說！」

「什麼？」母親沒聽清楚。

「……」他稍微大聲點說：「寫小說！」

「小說是什麼？」

算了！他告訴自己，不要再試圖解釋什麼了！母親不會懂了！往後，秋天一來，她必定讓他再上台北補習，準備他第三次的大學聯考。他注定要再度重複著單調的生活，一天一天的數著距離聯考的日子還有多少？同樣是國文、英文、數學、地理、歷史和三民主義！同樣是苦澀的、沒有愛情的年輕歲月！同樣是失敗於考場的結局。他實在不想欺騙自己了！他更不想欺騙母親！他知道，自己的天分根本不在記憶考試的知識上！他想告訴母親，他要成為一個作家呀！他想告訴母親：世界上有很多偉大的作家並沒有受過多少學校教育，像俄國的高爾基、德國的赫塞以及中國的沈從文等，但是他們的作品卻安慰了世界上廣大的受傷的、寂寞的心靈！然而，他知道，這一切，對母親來說都是無法理解的！母親仍然會每天推著麵攤，在廟口賣麵到深夜時分，為的就是讓自己補習，考上理想的大學，然後出國留學，給她爭一口氣呀！

「算了！」他告訴自己。

他靜靜地躺著。然後，他感到尿急，他於是翻身，想下床上廁所。

「你想幹什麼？」母親按住他的肩膀，親切地告訴他說：「不要亂動！刀口要是弄破，流膿，就麻煩了！要做什麼！告訴我。」

「我要小便啦！」

他媽媽馬上從床下拿出一只白色的尿壺。

「你出去一下，媽！」他說，臉紅了。

母親看到兒子害羞的樣子，笑著說：「算了！你還坐不起來，讓媽幫你好了。」

「我自己可以！」

他堅持要她出去，但，他方才要起身便感到刀口的一陣劇痛，他只好乖乖地躺了下來。

「你還跟媽媽我害臊呢！」母親一面笑著說，一面就掀開那床薄薄的絲被，輕輕地拉開他的睡褲，小心地把他的陰莖放入尿壺的嘴孔中，安靜地等他紓解完畢。

然後她悄悄地拿著尿壺到廁所裡倒掉。

他躺在床上，感受著剛剛母親的動作和眼神的溫暖，聽著門外響著的母親的腳步聲。

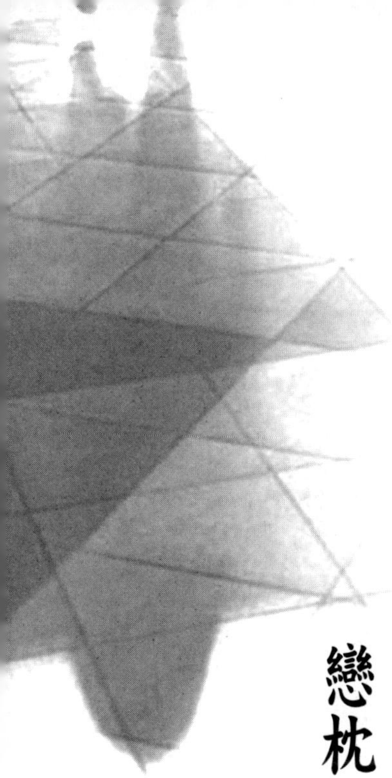

戀枕

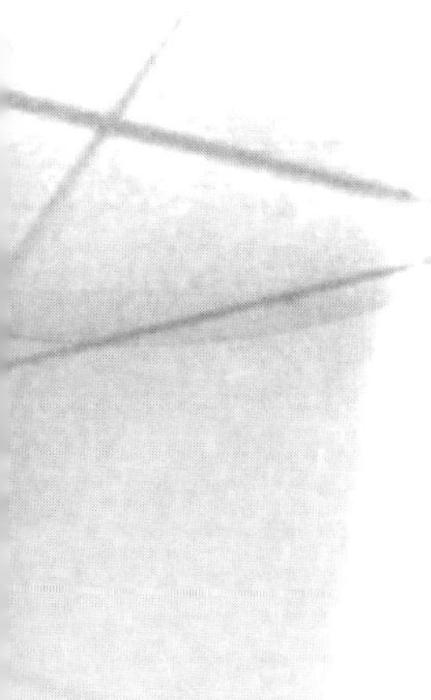

你發現母親離開了躺在病床上的你，你於是急著起身追喚母親，但你才剛要坐起來，一陣刀割般的疼痛卻使你忍不住地呼喊起來，你睜開眼睛，突然地坐起來；這時，你才發覺原來自己作了一個夢。你躺下來，一如以往，你試圖追尋消逝的夢境。你記得，在夢境裡，有個男孩莫名其妙地在跟自己說話，記得好像是夢中有夢，還有那個男孩匆匆忙忙地跑廁所，拉肚子，還有老頭子，還有醫院、市場、夕陽、醫生、護士、婦人、女孩以及一個躺在病床上的男孩。奇怪！你想，怎麼會作這樣奇怪的夢呢？然而，令你感到驚訝的是：當你試著把夢中的這些人和場景組合時，你發現這情境彷彿就是過去的你所經歷過的生活般眞實！而事實是，你發現那個男孩其實就是你自己呀！

現在，你翻個身，你於是看見放在床畔書桌上的那只小鬧鐘；你再仔細瞧，短的時針跟長的分針剛好合成垂直的角度；九點整了，你想。但，你不敢確定現在的時刻是否就是生活在這個地方的人們所共同依據的中原標準時間的早上九點？你想，也許是下午九點也說不定？於是，你望向窗外，你看到亮白的天色，你不由輕聲地罵自己好笨！笨到日夜不分！然而，你不死心，你仍然躺在被窩裡，繼續想現在是不是早上九點鐘？你知道，如果別人知道你這種行爲或者說是習慣的話，你知道，人家一定會覺得你這個人很無聊！很消極！太陽都曬到屁股了，怎麼還不起來念書！管他的！你告訴自己，反正嘴巴是長在他們的臉上，隨便人家要怎麼講吧！你很快地回到你的冥想世界。你想，因爲這個鬧鐘的運走全然依賴著一個乾電池所供應的電力，長久以來……事實是，長久以來，你已經不曾給這個鬧鐘更換新的電池了；因此，你不敢確定現在這只鬧鐘是不是向你指示了標準的時間？而所謂的標準時間；你的意思是指譬如火車站的屋頂的鐘，或者是電視和廣播的報時，以及電話一一七告訴你的下面音響九點……，也就是說，大多數人所共同依據的時間；儘管它們彼此之間並不全然相同！然而，這些都無所謂的！你想，就像在完全入睡了的地球上的不同角落的夜晚那樣，當天一亮時，你知道，必定會有一些衰老的、病重的，或者是意外受傷的人已然在暗夜裡孤獨地離開了這個亂七八糟的地球遠行到另外一個沒有人知道的世界去了！然而，你知道，在這同時也必定會有許許多多的嬰孩脫離母體而誕生在地球的不同角落！他們的膚色可能是白的、黑的、紅的、黃的，頭髮是金的、褐的、或者黑的，有的生而富貴，有的赤貧，有些體質強壯，有些秉性羸弱；但，你知道，他們的命運終究是一樣的，他們一樣要隨著時間的流逝而成長而衰老而死逝！當然，你更知道，在夜晚，還有無數個未成形的生命剛剛在男女的情慾交合之後被種植在溫暖的母體之中，被孕育著，等待著走出一生旅程的起步！你知道，這一切都必須藉著神奇的時間之流來完成。是的，就是這樣，在一個晚上的時間，在你完全入睡了的睡夢中，地球已然靜靜地改變了它的樣態。你想，你的那只鬧鐘也許已然在夜晚停擺了或者走慢了呢?你以爲，你不能太過於相信機器的準確性;機器像人一樣，有情緒，它偶爾會鬧一下脾氣，或者生場病的什麼的。你想，你實在很無聊，你告訴自己，想這些零零碎碎的幹什麼?反正，你想說的只是，你不敢確信現在的時間一定是上午九點整。

你賴在床上，靜靜地看著滴答滴答滴答地走著的秒針;滴答!滴答!然後，你發覺鬧鐘的響針被撥在阿拉伯數字6的上面!你這才記起:昨夜，臨睡前，你是決心第二天早上六點就起來讀書的。你記得，寫完日記後，你給自己預定了生活作息表，以及讀書計畫;你決心從明天開始每天只睡四個鐘頭，有次序地一一念完你想念的作家的作品——他們是:杜思妥也夫斯基、托爾斯泰、狄更斯、福樓拜、福克納……。長久以來，你一直懷著巨大的渴望，渴望走入這些文豪的心靈世界。因此，你花了不少的時間，在台北街頭的大書店和舊書攤尋覓這些巨匠的作品的中譯本。你是眞地發願要有系統地閱讀、思考和筆記他們的思想的;你於是告訴自己:不到半夜兩點，你不能給我上床睡覺，早上六點，你必須給我起床念書!然而，你終究還是睡過頭了;午夜兩點準時入睡的你一直到現在仍然賴在床上胡思亂想。你頹喪地懊惱自己的委靡不振，不積極!其實，你大可不必這樣自責的;你只要現在爬起來，刷牙，洗臉，上廁所，早餐，然後坐在書桌前看書，你還是對得起自己的!

再說，根據醫學報告，好像是說我們人每天必須要有八個鐘頭的睡眠時間才夠!現在如果眞的是早上九點的話，算一算，你也只不過睡了七個鐘頭而已！認眞說起來，你還比正常的睡眠時間少睡了一個鐘頭呢！所以，你其實大可不必這樣地自責的！好了，起來吧！現在趕快爬起來，刷牙，洗臉，上廁所，早餐，然後用心讀書，開始展開你的新生活運動——整齊、清潔、簡單、樸素、迅速、確實。

現在是中原標準時間九點卅分整；當然，依據的仍然是你桌上那只鬧鐘的指示。

你的眼睛愣愣地望著窗外的日景——違建的閣樓的鉛板屋頂，塗上柏油的黑色牆面，木板釘的鴿子籠，搖曳的尤加利的樹叢，樹枝上零零掉落的枯葉，電線，電線杆，走向一致的電視天線，廿層的大樓，土黃的瓷磚牆面，一口一口的四方形窗子，窗子上的冷氣機，大樓屋頂的避雷針，流浪的雲。

你的耳朵聽到遠處傳來的悠渺的汽車喇叭聲，拔掉消音器的摩托車的引擎聲，樓下傳來的喧嚷的市聲，初起的冬風在窗外呼吼的聲音。

天氣已經入冬了，你告訴自己。

今年，秋天的腳步似乎並沒有在海島停留多久。入夏以來，一直到了屬於秋大的十月、十一月，天氣都還很炎熱；然後，突然地，在一個不被察覺的夜晚，風一起，季節就在天空中轉換了。那夜，你是在睡夢中因爲感到冷而醒過來的；你然後下床，墊著椅子，搬下放在櫥櫃上的棉被，拍一拍，攤開，繼續睡；天亮的時候，冬天就來了。

你離家的時候，是八月底；是酷熱尚未減退的夏季。九月初，全台灣各地的幼稚園開班了；公私立國民小學開學了；國中和高中開始上課了；南陽街的秋季升大學甲、乙、丙、丁各組也在大熱天開張了。那時候，你看到每一家大小補習班的門口貼滿了紅條紙的榜單，升學率，入取率……等等，等等，你早晨搭公車上補習班的時候，走在路上的時候，早上十點下課上廁所大便的時候，中午到麵攤子吃麵的時候，午覺醒來的時候，下午兩點下課上廁所小便的時候，走在路上的時候，等車的時候，搭公車回到賃居的閣樓的時候，你都在想：就在今夜，我要開始寫小說了。

於是，吃完晚飯，你立刻在巷口的文具行買了一刀稿紙。

「老闆！買稿紙。」

那時，你有點心虛，也有點自負。一來，你怕人家笑你是附庸風雅；二來，你彷彿就在那時看到自己已經是個偉大的作家了。然後，你坐下來，攤開稿紙，拔掉鋼筆的筆套，想……你告訴自己，從現在開始，全世界的人都要安靜下來聽我說話了……想……

首先，題目是什麼呢？熱！好熱！天氣怎麼這樣熱！你拉開椅子，站起來，走向窗口，卸下窗子；他媽的！一點風都沒有！好熱！你走回書桌，坐下來，把椅子挪前，提筆——我現在要出征——想，題目是什麼呢？……「故鄉」、「歸鄉」、「回家」、「浪子回家」、「哥哥，你為什麼不回家？」……哪一個比較好呢？手心流汗了，筆再度放下來，擦擦汗吧！不要沾濕了稿紙，好！你拉開椅子，站起來，走向盥洗室；你在鐵架上拿了一條乾毛巾，把手擦乾，走回書桌——抗戰到底——。好！就這樣決定了——空四格，你一筆一畫地在稿紙上寫著：浪子回家……

然後呢？然後給自己想個筆名吧？屋子裡沒有風。你告訴自己，這個晚上將是「在台灣的中國文學」歷史性的一刻！所以，取名字要慎重一點！筆畫、音韻、象徵……等等，都要照顧到！你一直覺得，每一個偉大級的作家都有一個恰如其分，念起來會響的名字；比如說：「杜思妥也夫斯基」和「托爾斯泰」，單單從譯文你就可以感覺得到隱藏在這名字背後的那顆「戰慄的」、「深邃的」、「掙扎的」、「充滿人的溫暖的」心靈。所以，你一定要取個富有偉大的可能性的名字！來，排排看，這裡有密密麻麻的方塊字，你可以任取兩個、三個、或者四個方塊字，組合成能夠代表你的風格的名字。慢慢來，沒關係，不急的！

屈原、宋玉、司馬遷、曹植和曹丕。你記得，曹丕在國文課本上說：「蓋文章經國之大業，不朽之盛事。」你想，這是永恆的事業，怎麼可以隨隨便便湊個名字留給後代子孫緬懷呢？慎重呀！你告訴自己，正如杜思妥也夫斯基冗長的名字代表著十九世紀俄羅斯的時代風貌一樣，將來，你的名字也一定要能夠某種程度地反映出廿世紀末生活在台灣的中國人的想法、感情和他們的……以及屬於這一個世紀交替的時代的社會樣貌。

陶淵明、李白、杜甫和白居易。白居易，字樂天，自幼聰慧；你曾經聽中學的國文老師說過：白居易生下來不到兩個月就認得「之」、「無」二字，而且他的詩老嫗能解。你想，雖然你並不像白老前輩那樣蒙天恩寵生下來就會認字，但你記得你曾經看過一個叫做廚川白村的日本人寫的一本名爲《苦悶的象徵》的書上好像說過：大凡苦悶的人往往能創作出好的藝術作品。幸好，你以爲自己也是個苦悶的人，你於是告訴自己：雖然自己不如白老前輩聰明！但，沒關係！要緊的是——在將來的歲月，你要讓後代子孫在孤獨的時候；在寂寞的時候；在悲哀的時候；在困頓的時候；在感覺到活不下去的時候；你希望，在這些時候，後代子孫都能夠因著閱讀你的作品而得到陪伴，不再寂寞；得到安慰，不再頹喪；你希望，因爲你的受苦經驗的創作，所有的人不再會有感覺到活不下去的時候。所以，已經落榜兩次的廿歲的你勇敢地投入未來的生活歷練吧！

李賀、蘇軾、辛棄疾和曹雪芹。你想，這一輩子只要能寫出像《紅樓夢》那樣一部書就可以放心地死了！

你繼續在白紙上玩著拼字遊戲。兩個字、三個字，或者四個字的名字都無所謂！你提醒自己，問題是要能夠拼出……拼出那種……熱！他媽的！一點風都感覺不到，手心又出汗了，額頭上的汗水滲落下來，剛好就一滴滴地滴在留著署名的空格上。取個名字可眞不容易呀！你推開桌上的《辭源》，站起來，你想，還是明天到書局買本「姓名學」之類的書來參考參考吧！

你走到面對床頭的那面牆之前。牆上糊有兩張舊報紙。哇噻！在那兩張發黃的報紙上竟然有一萬多個大學生！原來，當初爲了激勵自己的士氣，你特別保留了今年大專聯考的放榜名單；你然後戰戰兢兢地把它貼在牆壁上——讓自己起床的時候看到它，睡覺前也看得到它；而且，看到它的時候，你要對自己說：「吾當取而代之也」，「有爲者當如是也」！你要勸勸自己忍耐！用功！對自己說：「天將降大任於斯人也必先苦其心志勞其筋骨餓其體膚空乏其身行拂亂其所爲所以動心忍性增益其所不能」——所以，你一定要以「破釜沉舟」的心情來迎接聯考的第三次挑戰！可是，站在那裡望著榜單的你卻突然地感到好笑極了——想不到本來被用作刺激自己重考大學的士氣的榜單，現在卻正好爲一個即將誕生的小說家在取名字時提供了豐富的字彙！你於是笑著對自己說：天氣這麼熱，寫作生涯的第一個晚上就到此爲止好了；反正，題目已經想出來了，以後慢慢去描述一個浪子的故事吧！

你於是走出房門，把門帶上，鎖好，蹬！蹬！蹬！……你走下木造的臨時樓梯，出去散步。那晚，一直到夜涼靜了你才回去睡覺。後來，你的第一篇小說卻一直寫在你的腦子裡，空白的六百字的稿紙上，只有「浪子回家」四個方塊字寂寞地殷殷等待著另外五百九十六個新朋友的來臨。你甚至連筆名都還沒有組合出來！但是，你並不感覺到沮喪，你每天臨睡時都要安慰自己——你說那是因爲天氣熱的緣故才使你無法靜心地坐在烤箱一樣的閣樓裡寫小說！你說只等天一轉涼你就要開始動筆了！如今，季節已經轉換了，天氣也已然冷涼了；可是，現在的你卻仍然蜷縮在溫暖的被窩裡茫然地戀枕著。你還不趕快爬起來，替你自己取個寫小說的筆名！

現在，只差一刻鐘就是早上十點整了。你終於決心要爬起來了……咦！你怎麼又躺下去了？你還要睡嗎？不！你說，我只是想躺著再思索一些問題。你放心啦！十點整我一定會下床的，不會讓你失望的！你於是繼續躺著，身體側臥成弓狀，頭枕在右手臂上，眼睛望著冥想的時空發愣！你想，爲了寫作，你對物質生活的需求可以減少到最低的程度以換取最大的自由與更多的時間來讀書、思考和創作！——《論語・雍也・第六》：子曰賢哉回也一簞食一瓢飲在陋巷人不堪其憂回也不改其樂賢哉回也——你想到那個倒在血泊中的作家——鍾理和先生以及他那對於文學藝術執著的態度不由地生起一股肅敬的心！你想，千古以來，正因爲一直有這樣的人不斷地努力刻畫描寫屬於他的時代的面貌，後代子孫才因而得以在文學中感知到恆久的人性的戰慄。你想，雖然在現實生活上鍾理和先生並不是一個好丈夫和好爸爸；但，你以爲，因爲他是一個誠懇執者眞性情的文學創作者，他的筆生動而完整地刻畫了他的家鄉以及家鄉的同胞們的生活、情感，因此他是個好作家，而正因爲他是個好作家，所以，他也是個好丈夫跟好爸爸了！你的意思是要警惕自己，不論你的才華是否足夠，最起碼，你先要能扮演好自己的角色，表現出一個悲天憫人的作家該有的執守與品格！盡人事，聽天命，是的，就是這樣，其他的都不重要了！管他走不走得進「歷史」？要緊的是，對得起自己的「良心」就是了。

現在是九點五十分了！你想下床，但才剛爬起來，你又慵懶地再次躺下。這時你想到你是曾經在睡夢中醒過來的！對！沒錯，你現在想起來了，你記得，是的，你現在記得，那是一陣嘟、嘟、嘟、嘟……地連續響著的刺耳的聲音把你從睡夢中吵醒的！當時，你記得，你惺忪著渴睡的眼睛本能地揿寂響鐘；然後，你看到鬧鐘上指示的時間是六點。然而，你那時卻覺得一身疲累不堪，你不知怎麼地忽而厭倦了你才剛要施行的新生活運動！你於是想：再睡一會兒吧，有了充分的睡眠才有足夠的精力和清醒的頭腦開始寫作！你這樣安慰自己。雖然，你曾經責備自己終究是個意志不強不足以成大事的人；但再次入睡前，你已經不感到慚愧而安心地順手扭熄了桌上的檯燈——不必數羊——你很快地便沉沉入夢了。現在，你的眼睛愣愣地望著桌上那只鬧鐘。然後，你移目看到那盞檯燈——新亞牌的愛眼日光燈——那是在秋天北上準備第三次向聯考挑戰時，姊姊特地從新莊的工廠趕來看望你時帶過來的。然而，這時，在白亮的天色中，你發現燈管竟然是亮著的！咦，奇怪？你想，從早上醒來到現在，你一直沒有碰過這盞檯燈，更不用說是扭亮它了！那麼你一定是醒來再睡時竟而疲累得忘了關燈吧？可是，你記得，你明明是關了燈的！你只好對自己解釋說，因爲你從小就有夢遊的習慣，這燈，也許就是自己在夢遊中扭亮了的？這段時日，你是活得太緊張了些，人家說「日有所思，夜有所夢」，你是想得太多了！其實，你大可不必這樣的！首先，你就不必急著給自己取一個什麼偉大得足可反映從廿世紀末跨越到廿一世紀的時代面貌以及人的感情的筆名的！告訴你，那都是其次的！只要你的作品是偉大得包容了人性的各種面貌的話，後代子孫自然會覺得你的署名是偉大的名號！拿出作品吧！告訴你，要緊的是拿起筆來開始寫，不管多少，每天給自己一段固定的時間寫，寫！寫！寫！管它寫多少是多少！不怕慢，只怕站！小說是寫出來的，不是想出來的！不管天氣是熱還是冷，也不管情緒好不好，既然你希望終生以寫作來表現你的生命形態，你就要持續不停地寫！寫！寫！你不要管人家什麼古典主義、浪漫主義、寫實主義、自然主義、超現實主義、荒謬的，或者什麼反小說，這些你都不要管！你也不要管什麼戰鬥文藝、現代文學，或者鄉土文學，這些你都不要管！你只要回憶、反省你生活上的所見、所感和所聞的種種現象，然後以藝術的手法眞誠地表達你個人的看法就是了！而且，不管人家將來會怎麼批評你，你都要虛心受教，然後仍然自負地朝著塑造自己風格的孤獨的路走去。從一開始你就要有自覺，你要知道，你所有的嘗試、努力都是爲了完成一本類如《紅樓夢》這樣不朽的大書。在那之前，你所寫的作品都不能用來論斷你……是的，這樣講也很有道理；你想。但，你現在才驚覺自己是一直華而不實地生活著；長久以來，你以寫作來隱瞞自己的怠惰，以偉大來安慰自己的自卑，現在你深刻地感到這樣下去是行不通的！你覺得現在是你必須重新徹底地思考自我的生命的時候了，你必須決定這一生是否決心選擇寫作來作爲你的天生職志，你必須對自己的未來有所眞正的決定了……好！你說，「我決心終生以寫作來表現我的生命形態！」但是，你有沒有想過，你爲什麼要寫呢？不寫不行嗎？我早就想過了，你說，我知道我必須寫，否則我的存在將沒有任何意義！……你想，雖然現在你並不能確切地說出爲什麼你必須寫作？爲什麼你如果不寫你的存在將沒有任何意義？但是，你知道，你是感受到了有種神祕的聲音告訴你說你是注定要寫作的人呀！而你想，一切的意義都必將在你往後的作品中自然地一一呈現！這時，如果還一定要問你爲什麼要寫作的話，你想，你只能籠統地說你想以文學來追回你那消逝了的歲月中的生活的感傷和喜悅，你要以你自己獨特的生命筆調和著情感律動的節奏來發抒你對你生活所在的鄉土，你對人，你對生命的關愛、同情和發問。

是的！是的！是的，追回你那消逝了的歲月中的生活的感傷和喜悅。然而，你的逝去的生活歲月其實也談不上什麼大不了的感傷和喜悅的！認眞地說，你的過去那種並沒有多少憂慮的生活不過是不具任何意義的一張白紙而已；除了一面空白，就是另外一面的空白。眞的！你自己也知道，那實在是談不上什麼感傷和喜悅的！如果你一定要說是什麼「感傷」和「喜悅」的話，那也只能試著這樣去詮釋你這句話的意思；那就是說：在現實的生活中你往往因爲某種熟悉的似曾相識的印象和情景而自然地憶想起過去的生活；然後，你便試圖經由文學的創作用文字的組合來給予這消逝的歲月生活一合理的詮釋與意義；於是，你在這種回想、思考然後創作的過程中感受到了某種輕微的喜悅。然而，你知道，不管你怎麼努力試圖去抓住什麼，你是絕對無法阻止時間流逝的。你更知道，你的肉身的死亡朽腐是命定的！你因此企求能夠創造出一種永恆的生命。那就是說，你以爲經由藝術的不朽你可以完成生命的不朽，也就是說留給後代子孫一種可以緬敬的人格的典型！但問題是，你發現你的不朽是遙遙無期的不可預見，你因而也感到了某種說不出的深濃的哀傷，一種無望的寂苦！

其實，從一個更高的觀點來看，任何一種企圖使生命不朽而做的努力不過是一場徒勞而已！你也知道，事實上，所謂的「不朽」與否只是看你自己要如何來詮釋這兩個字眼而已。

你一直以爲，生命本來就無所謂的意義可言的，但問題是，人活著卻是一個事實，面對這種事實，人如果還有那個意思要一步步地走完一生的旅程的話，人就必須給自己的未來立下一個努力的目標！

我的志願

甲、我的爸爸是個捨身救人的消防隊員，每一次城裡有火災發生的時候，我的爸爸立刻奮不顧身地趕往現場搶救市民的財物與生命，我一直覺得我的爸爸好偉大哦！所以，我將來長大了也要做一個勇敢的消防隊員！

乙、我的爸爸是農夫，下田耕種不怕苦，太陽曬著他的頭，汗水濕透了衣服，忙過插秧忙除草，再忙割稻和打穀，爸爸忙得很快樂，一邊打穀一邊唱歌：台灣米，出產多，蓬萊在來都不錯，太陽曬，雨水多，今年又有好收穫！所以，我將來長大了也要像爸爸一樣做一個快樂的農夫！

丙、我的爸爸是軍人，他的身體練得很強壯，槍打得最準確，軍禮行得好漂亮，他的樣子雄赳赳，氣昂昂，多麼讓人敬愛。爸爸到過許多地方，打過許多仗，都是爲了保衛國家，爸爸常常說，做一個軍人要勇敢，只能往前進，不能向後退，爸爸就是一個勇敢的軍人，所以，我將來長大了也要當一個勇敢的軍人，早日完成反攻大陸的革命事業！

丁、爸爸當了很多年的老師，他教過的學生，不知道有多少，上課的時候，爸爸教學生讀書寫字，下了課，爸爸和學生一起遊戲，他每天還要批改學生的作業簿，爸爸教過的學生，有農人，有商人，有軍人，有工人，他走在路上的時候，常常有人走過來說：老師，您好！爸爸常常說：我當老師雖然很忙，但是看到學生長大了，都成了堂堂正正的好國民，我就很高興了！所以，等我長大的時候，我也要做一個小學老師，教育我們國家未來的主人翁！

戊、爸爸是個賣水果的攤販，每天一大早，他就推著攤子到市場去占位置，等到早晨的市場寂散了，他就到中盤商那裡再進些水果，傍晚，他又推著攤子到夜市的那條街上賣，一直要到半夜一、兩點，他那疲憊的身子才姍姍地從街的另一頭走來。每一次，我和媽媽站在巷口等爸爸的時候，我就會偷偷地對自己說，將來我一定不要像爸爸一樣當個賣水果的攤販，每天早起晚睡地辛苦工作，還要繳那麼多的亂七八糟的稅金，警察來了還要躲躲藏藏地滿街跑，爸爸活得眞辛苦！所以，將來我要當一個保護人民的警察，不讓那些流氓抽攤販的稅，維持社會的治安！

己、……

就像這樣，我們，人，從小便立定了將來的志願，因而人或許可以在努力完成這個目的時感受到生命存在的意義；也就是說，人就可以因此而不覺得無聊了！至於所謂的「不朽」，其實也只是你個人對於死亡的敏感而生的想望而已，「不朽」的存在或不存在，眞的完全要看你是怎麼詮釋它的！以往，你就經常在努力著爭取好成績的時候，因爲突然地意識到這種努力終究是場徒勞而感到虛無地放棄了；沒有什麼好爭的！你想，跟人家爭那些名次，討好老師，討好家人，那又怎樣？你於是長久地陷在思想沒有出路的困境中。因爲在現實生活中找不到値得你努力的目標而虛無地浪費了青春，一直要到你親身目睹了「死亡」之後，你才忽然醒覺到你必須創作！你必須感受著生活最眞實和最深刻的喜悅與哀傷不停地創作！你必須一面創作！一面在生活的各種經驗的歷練下塑造自己生命的風格！這樣，因爲創作，你才能感受到你存在的意義！而這，你想，這也就是你爲什麼要寫作的原因吧！想到這，你於是不由地想到了你中學時候的好友K，以及K的死亡了……。

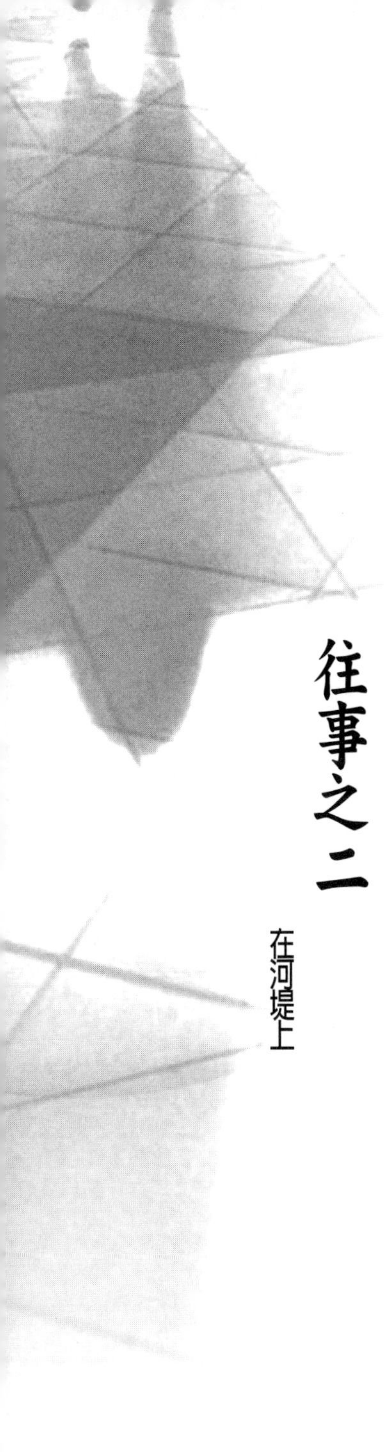

往事之二

在河堤上

在河堤上，兩個中學生故意避開賞月的人群，往河的下游走去，一直走到臨近深水潭的僻靜的堤岸上才停下來。

「K，就在這裡吧？」其中一個瘦削的男孩對另外一個高壯的男孩說。

此時，一輪中秋的澄圓的滿月正掛在深水潭對面的山頭上；他們決定就在每年夏天經常有人淹死的深水潭畔的堤岸喝酒賞月。

「我討厭這些人群，」K憤憤地說，「人一旦群聚時便一點個性都沒有了！」

人們對深水潭有所忌諱，沒有人願意走到此處的堤岸來賞月的；而這正是他們兩人所祈願的。

這是高二那年的中秋夜，他和K正在河堤上一面喝酒，一面賞月。

「你知道嗎？」喝了約有半瓶竹葉青的K說：「你知道嗎？卡夫卡一直活得很寂寞！」

「也許是吧！」他淡淡地回答K，「但，這又怎麼樣？那是他自己的事。我不太喜歡他，因爲他使我不快樂。」

對於卡夫卡他所知道的並不多，絕大部分還是K告訴他的。

「誰說人活著只是爲了快樂而已！」

「那麼，人活著是爲了什麼？」他反問K，「事實是，我只知道你活得並不快樂！」

「可是，那並不是卡夫卡使我這樣！」

K失去耐性地大聲吼了起來，那嘶厲的聲音在寬廣的河床上迴響起來，然後深水潭的水面便沉寂下來；月亮漸漸地往青空升起。吼著、吼著的K卻突然咽泣了，抽搐著，語氣激動地說：

「你知道嗎？是卡夫卡使我有了活下去的勇氣，要是我沒有讀到他的作品的話，我早就自殺了……」

「我知道的！」他靜靜地看著K那激動著的臉神而不安地說著，「我怎麼會不知道呢！」他想對K說些什麼安撫的話，但他忽然又想，不理他算了！他知道K長久以來便苦悶地活著，他於是決定，讓K發洩發洩，自己會安靜下來吧！

認識K，是他因爲不適應城市的生活而離開台北的中學回到故鄉的省中就讀的時候。那是高一的下學期吧？沒錯，那正是寒假剛剛結束的高一下學期。K和他同樣是個插班生。

那時候，他並不太知道什麼是文學？他當然更不可能知道誰是卡夫卡？還有，他也不曾嚴肅地思考過「人活著到底是爲了什麼？」的問題，他當時以爲這是個愚蠢的問題，而對這個問題發問並且苦苦地思考的人，他想，那是再愚蠢不過的人了。

K就是那種人。

初見K時，他對K並沒有什麼好印象；而且，他其實在潛意識裡是有點敵視他的。爲什麼呢？他實在也說不出一個所以然的理由！他想，那只是自己個人主觀上的好惡而已；就像有時候，十六歲的他會突然地對一個初見的陌生女子產生急切渴慕的愛意那樣地不可理解！反正，初見到K的時候他並不喜歡K就是了。

他記得，開學後第一個禮拜五的下午，在班會上，他的班導師要他們幾個插班生一一地自我介紹；他記得，K就是在那時莫名其妙地說著卡夫卡的什麼什麼的！

K說：「……卡夫卡說：『他們獲得了一個選擇的機會：可以變成皇帝抑或變成皇帝的信差。大家全都像小孩般地希望做皇帝的信差。於是，只見世上無數的信差來往奔走，彼此對喊著已經失去意義的訊息——因爲沒有皇帝了。他們多麼希望結束這種不幸的生活，但是爲了忠於誓言，他們不敢。』……是的，他們不敢！你們知道嗎？我覺得卡夫卡已經把我們處境的荒謬都說出來了。是的，我們就像那些信差一樣，整日忙碌地奔走，彼此對喊著失去意義的訊息……我們就是這樣的，我們就是這樣的！……」

說著說著的K竟然就在座位上飲泣了起來。

教室裡一片茫然！沒有人知道K究竟在搞什麼玩意？

「但是，你們之中有誰知道卡夫卡是誰嗎？」

那個上了年紀教國文的班導師慌了心地說。但，他那種語氣其實也沒有眞的想要知道誰是卡夫卡的意思。

當時，坐在教室角落的他冷靜地望著激動的K時卻是不知爲什麼地對於K的縱情肆性感到極大的厭煩！他是聽過卡夫卡的名字的；而他以爲K的讀卡夫卡，以及大聲地嚷嚷說卡夫卡怎麼怎麼了，不過是台北那幾所高中校園的時髦流行而已！在僵化的、空泛不實在的聯考教育下，曾經他也不免地和其他同學一樣，在公車上，故意把新潮文庫的一些哲學、文學和心理學之類的翻譯書拿在手中來掩飾自己思想的貧血。事實上，他並沒有多少時間來讀這些書的。但，問題是，他知道，在學校，同學們的聊天卻經常以這些話題來虛飾彼此之間因爲終日死啃教科書而空乏了的思想。所以，他想，他最少得知道哪些書是哪些人寫的，主要在說些什麼？這樣，才不會被同學們看不起自己的！畢竟，他經常會在校園裡遇到那些嘴巴老是掛著西方思想家名字的人，他們每個人都一致地宣揚著「卡夫卡說……」，「卡繆說：……」，或者「沙特說……」等等什麼和什麼的。但，他知道，大家其實不一定懂得那些話的意思的。而他想，爲什麼大家只知道去背人家洋鬼子說了什麼？卻從來不曾問過自己：「我到底要怎麼說呢？」

是的，所以他以爲K就是這樣的人。但是，K其實大可不必把台北學生的那一套把戲拿到鄉下的學校來炫耀的！他以爲。

然後，他聽到K又哽咽地說：「我們活著，花父母的錢繳註冊費，繳補習費，買書，買筆，我們就像皇帝一樣，但皇帝根本不存在了，爲了父母的期望，我們努力地用功，考試，考試，不停地考試，我覺得我們就像那些信差一樣喊著失去了意義的訊息，因爲沒有皇帝了！而我們本來是皇帝呀！但我們已經失去了自我，我們不再是自己，皇帝也就不存在了。這樣的話，我們究竟在傳達什麼訊息呢？我們的訊息究竟要傳給誰呢？……沒有一點意義呀！」

K終於說完了，頹喪地坐下來。

他斜斜地往K的座位瞧，他看到K好似深深地陷入困境的樣子不由地對他產生了一些好感；他雖然並不很懂得K到底在說些什麼？但他卻覺得K說出了大家生活的苦悶——生活在聯考的壓力下的苦悶。

後來，他漸漸地和K熟悉了，並且變成彼此最要好的朋友。他去過K的家一同準備月考。那夜，他們在K那寬敞舒適的房間啃書，偶爾隨興地聊天。K的媽媽不時端來雞湯或者水果切盤給他們提神。他注意到K的媽媽是個年近四十細緻柔順的典型中國傳統的女人。她儘管進進出出了好幾趟，但他卻並不覺得她擾了他們讀書的心情；其實，他在當時好像並不感覺到她的進出似的，但他卻是實實在在地感受到了她的母性的溫暖的。

「我想，我以後就叫你『K』好了！」

當K又跟他聊起卡夫卡的內心世界時，他不由地脫口而出。

半夜一、兩點，他們聽到K的父親的汽車聲從樓下傳來，然後是鐵門聲，再然後是浴室隱隱約約傳來的流水聲；K後來在瞌睡中被叫喚到父親的書房聽訓。他於是先睡了。後來，K叫醒他，兩人躺臥在床上聊著聊著；K就在那時告訴他，告訴他說反叛父親的意願是如何強烈地驅使著K走向自絕之路。

K說：「我要讓他因爲我的死而憾恨一生！」

K是家裡的獨生子，三代以來，他們家都是地方上的望族，K的父親除了擁有幾家工廠之外，還有著民意代表的身分，在地方上眞的算是有頭有臉了。

而K所做的就是故意丟他父親的臉！比如說，他後來才知道，K是因爲被學校勒令退學才轉學回到鄉下的省中的！

「這都是我故意造成的！」K告訴他說。

他並不理解K爲什麼要這樣？他覺得K其實可以不必這樣，這對K並沒有什麼好處，只不過是讓K的父親在社會上喪失一點不足道的顏面而已！他這樣覺得。

「我就是要讓他在社會上抬不起頭來！」K憤憤地說。

他想K之所以這樣偏激，或許是他個性上的敏感以及對於自我的強烈渴望因爲遭到父親獨裁的管教而生的反應！這必定是長久累積的情緒吧！

現在，他看到K在月光下赤裸著身體走下河堤，停在深水潭邊的草地上。

「K，你要游泳嗎？」他疑惑著，「喝了酒，還是不要下水吧！」

然而，撲通一聲，K不等他把話說完就跳入水中了。

他看到K迅速地捷泳游向深水潭的對岸。

有一次，他耐心地勸告K不要意氣用事地跟自己的父親作對，他說：

「再怎麼樣，做父親的對子女的要求還不都是爲了子女的前途著想……」

他本來還想輕便地套上「天下無不是的父母」這句話的；但，話剛到嘴邊，他便感覺到自己的臉已經紅了！他想，自己怎麼也這樣庸俗！

「十三歲那年，」K回憶著說：「那時我剛念初中，有天黃昏，大約四、五點左右，我還記得，太陽還沒有落山，我因爲好奇，跟著巷子口軍眷的小孩躲在公共廁所裡頭抽菸，我不知道抽菸有什麼大不了的！他們大人還不都是人手一根地在我們面前呑吐嗎？我抽第一口時就嗆到了，好苦！我不知道菸有什麼好，大家爲什麼要花錢買來抽呢？但，我不甘心被那些人取笑，試著第二次吸。這時，砰地一聲！廁所的門被推開，我的耳朵被扭擰著，劈哩啪啦地一陣耳光打得我頭暈目眩……」

K的身影逐漸游離他的視線了。他看看月亮，給自己又倒了一杯酒，一面嚼著花生米，一面喝酒。

他現在想起來了，他記得K好像對他說過：「從那個時候開始，我就故意要跟他作對！他既然說我躲著抽菸丟他的臉，我就偏要做出丟他臉的事！」

「難道他當著那麼多人的面甩我耳光，我就不會丟臉嗎？」K後來常常對他說：「他不尊重我，我爲什麼要尊重他呢！」

「其實，他要的都是社會上虛假的名聲；而我並不對他要求什麼，我只是希望他不要干涉我的生命，我只要他讓我像一個眞正的人那樣自主地活著就好了……」

他有點驚訝於自己今夜竟然會在喝了酒以後清楚地記憶起K對他說過的話，他想甩開這記憶，於是，他也卸下身上的衣服，在月光的照映下，赤裸裸地跳入寬廣深邃的潭水中。

在潭中，他一直沒有看見K。K的泳技比他還好，他並沒有想到K會淹死什麼的！上岸時，夜已經深涼了，他看到在長長的堤岸的遠處，賞月的人們已經快走光了。他穿好衣服，等待K的上岸；他相信K一定會上來的。天亮之前，他曾經兩度脫衣下水，尋找K；他並且不停地朝著潭水，大聲地呼喚K。

K死了！善泳的K在中秋夜溺斃於堤岸下的深水潭中。

第二天，早晨十點鐘左右，他終於看到撈夫潛入潭底撈起K那脹腫著肚皮的屍身；死屍上還纏著零亂的青綠水草。

他不知道K到底是怎麼死的？他不相信泳技比他還好的K會淹水而死！他更不願相信K是自殺的！

後來，有一段日子，他什麼都不能相信！當他想到自己的好朋友竟然是在自己的身邊悄悄地死逝時，他對世上的一切便不再相信了！他想，都是虛幻的！都是假的！

有時候，他會問自己說：「K死的時候有沒有掙扎過呢？痛不痛苦呢？」

他一直後悔著不曾留意到K的死，因爲他知道，K早就想幹這件事了！

他什麼都不相信了！但他必須活下去，他沒有足夠的勇氣像K那樣；他想，他必須相信什麼才能活下去！他於是開始讀書找答案。

當時，他絕對沒有想到，有一天他會提起筆來寫小說！當然，他更沒有想到，K的死竟然會變成他日後寫作的好題材！他現在覺得K彷彿因此又活過來了……。

刷牙、洗臉、上廁所

十點整的時候，我以爲我已經想通了「爲什麼寫？」的本質問題，我於是毫不留戀地起床，迅速地疊好棉被，整理床褥，然後，我就把窗戶打開，讓室內的空氣流通，在清爽的情境下，我認眞地做了一節早操，活動活動筋脈，做完早操，我就到門外把報紙拿進來，順手抽了一張就往盥洗室跑，進到盥洗室時我遲疑了一下，「先刷牙、洗臉呢？還是先上大號？」當我站在馬桶前面小完便時我決定還是先刷牙、洗臉，再上大號好了，我想，如果我先上完大號再來刷牙的話，嘴巴裡總是會覺得怪怪的，於是，我就打開化妝鏡，在鏡子背面的架子上拿了牙刷，取了一管黑人牙膏，糟糕！牙膏已經用完了！怎麼辦呢？錢又快用完了！我於是告訴自己：將就點吧！擠一擠還是可以再刷一次牙的！我並且提醒自己說：不要忘了，今天晚上到新莊找姊姊拿下個月的生活費！然後，我就把那管身體扁扁的黑人牙膏從底部開始一摺一摺地捲上來，最後，我終於擠出足夠讓我那上下兩排一共三十二顆沒有蛀牙的牙齒刷洗乾淨的牙膏來，我於是隨手把那皺皺扁扁的黑人牙膏丟到裝滿衛生紙的垃圾桶中，然後，我用左手去拿漱口杯，用右手扭開水龍頭，水流出來了，我就趕快用漱口杯盛水，盛滿了水，我還是用拿著牙刷的右手關掉水龍頭，然後，我張開嘴，含了一口水，咕嚕咕嚕地清洗清洗，噗！吐出來，再用牙刷上下左右地胡亂刷洗一番，一直到現在，我都還不知道正確的刷牙方法。小時候，家裡窮，沒有機會讀幼稚園，所以沒有人教我刷牙的方法，從小我就是隨手拿了牙刷窸窸刷刷地長大的，雖然這樣，到目前爲止我仍然一顆蛀牙都沒有。有時候，看到人家牙痛得那個樣子，我就想那人還是死了比較痛快些。而因爲我並沒有受過牙痛的折磨，大體說來，從這個角度去想的話，我還是覺得人生是滿有意思的，所以，我要好好活下去。這一切，我想，我要慶幸我沒有讀過幼稚園，我以爲，凡是牙痛者，都是那些小時候愛吃糖的人，因爲所有的幼稚園都讓小朋友吃糖，所以凡是牙痛者，都是念過幼稚園的！同時，因爲我沒有念過幼稚園，所以我不蛀牙！我沒有念過理則學，我不知道我這種推理的方式成不成立？但，管他的！現在，我又含了一大口水，把嘴巴裡的牙膏泡沫清洗乾淨，吐出來，然後，我把牙刷和漱口杯放回原位，伸手從鐵架上拿了一條乾毛巾，抹抹嘴，再把毛巾披在肩上，我又再次用右手扭開水龍頭，然後用左手拿橡皮塞子把洗臉槽的流水孔堵住，等水滿了一半左右時，我就把水龍頭關緊，用刷子稍稍地把附在洗臉槽的泥垢和肥皀垢刷乾淨，然後把水放掉，扭開水龍頭，讓水流通一下，再次拿橡皮塞子把洗臉槽的流水孔堵住，等水放滿時，我又把水龍頭關緊，兩手掬水潑臉，然後拿塊香皀往臉上抹，等到整個臉都抹得白白時，我就拿把刮鬍刀，先往嘴巴上面鼻子下面的那道小鬍子刮去，哇！流血了，他媽的！這十塊錢一把的刮鬍刀眞不管用，俗話說「一分錢，一分貨」還眞有道理，等跟姊姊拿了下個月的生活費時再買把舒適牌的刮鬍刀吧！現在，趕快處理善後，先把臉上的肥皀沫洗掉，鬍子也不必刮了，把臉擦乾，血怎麼還在流呢？拿張衛生紙擦吧！糟糕！擦也擦不止；破這樣小小的一塊皮，流起血來竟然是汩汩著呀！好，就讓衛生紙壓貼在臉上好了，不久，它自然會乾的，等它乾了再拿掉好了！現在要幹什麼呢？牙齒也刷了，臉也算洗過了，那麼，現在該是坐馬桶的時候了！「今日事，今日畢」，好！就去坐馬桶吧！

我於是解開褲子，蹲坐在馬桶上，我一面漫不經心地讀著早報，一面想著，既然自己已經知道爲什麼要寫小說了，現在就應該好好想想究竟今後要寫些什麼？知道自己要寫的題材以後，我想，剩下的問題就只是怎麼寫了！好，想吧！撲通……嗯，身體解放後就輕鬆多了，人家說：「陽光底下沒有新鮮事！」是的，我想，人生的所有問題老早就被古人談臭了，那麼，我到底要寫些什麼呢？戰爭？我沒有親身經驗過，怎麼寫呢？愛情？二十歲的我也還沒有談過戀愛，沒有嘗過失戀的滋味，我要怎麼寫呢？算了，還是看報紙吧！報紙上不是每天都有奇奇怪怪的社會新聞嗎？什麼箱屍案、袋屍案、櫃屍案……啦！簡直是無奇不有！只要我用點心還怕找不到好的題材嗎？好，讀報吧！

【合眾國際社芝加哥二十日電】

研究人員說，男人如果每週長跑超過六十五公里，可能使性慾減弱。針對女子長跑作的研究顯示，受試者的激素量會減少，有時會導致停經。對青春期的女孩而言，劇烈訓練會使青春發動期延後。在最新的《美國醫學學會期刊》上，研究員貝爾卡斯楚指出，檢查三十一名每週跑六十五公里以上的男性，發現他們身上的激素改變，與過去研究女性所得的結果相似。他說，受試者的睪丸脂酮和激乳素「顯著減少」。他指出，許多跑者表示，覺察到自身性慾減低，可能與睪丸脂酮減少有關。

「他媽的！」我幹了一聲，「眞無聊！」

這些美國人眞的是吃飽飯沒事幹的樣子，一年到頭都在搞這種無聊的玩意，不是什麼兩人連續接吻的時間打破世界紀錄，就是要騎摩托車飛躍一座明明知道絕對飛不過去的大湖……然後，我聽到馬桶下又是一聲撲通……，我於是把眼睛移向報屁股，看看會不會有什麼驚天動地的報導。

【合眾國際社倫敦十八日電】

一份報告週一指出，吃新鮮的蔬菜水果，可以增進人的性生活。這份由英國新鮮蔬果資料中心發表的報告說，幾世紀以來，人們認爲蔬菜水果能引起性慾，這種說法可能有科學根據。報告指出，腦中的環形腦皮質系統，負責掌管人的飢渴，同時也與性慾和性行爲有關。該中心的報告說，菠菜、胡蘿蔔、甜瓜、芒果和杏子中含有的維他命A，能夠協助將膽固醇轉化爲活性的性激素。馬鈴薯和香蕉中富含的維他命B，同樣也與性激素的製造有關。報告指出，香蕉同時也有助於減輕壓力，對性生活有幫助。人面臨壓力時，體內性激素的量自然會減少。由於香蕉含有能協助控制壓力的鉀，這個時候就能發揮作用。

呸咚……撲通……撲……通……

我才剛剛讀完這則同樣是合眾國際社的外電報導，還來不及去想這則報導有沒有道理，肛門那裡又連續地屙了幾次，好了！總算大功告成了，我於是輕鬆愉快地拿衛生紙擦屁股，咦！奇怪了，怎麼衛生紙上有血呢？血色暗紅著教我感到心驚！糟糕！我想，最近缺少運動，又沒有多餘的錢在飯後買香蕉吃，所以痔瘡發作了——

要特別注意!!

十男九痔！十男九痔！

便祕、火氣大，可能是痔瘡的前兆。

正常的飲食，正常的排泄，是防痔的方法。

便祕、火氣大，請服用正氣消痔丸，讓您輕輕鬆鬆！

・內痔、外瘡，請服用正氣消痔丸，能緩和發炎的瘡口、消炎、消腫、止血、免除坐立不安的煩惱。

・正氣消痔丸——

處方正確、藥材道地、製法嚴謹，深受好評。正氣製藥公司秉持服務的精神，以公道合理的價格，貢獻社會，有效又不貴!!

・主治效能——

內痔、外痔、大便祕結、止血消腫。

・每瓶新台幣三百廿元，全省各大藥房均有售！

我於是再次提醒自己：晚上記得到新莊跟姊姊要生活費，然後，到雜貨店買一管牙膏，再到西藥房買一瓶正氣消痔丸，還要多吃些蔬菜水果，這些都記在腦子以後，我就站起來把褲子穿好，同時按下抽水馬桶，白花花的水立刻嘩嘩地沖走了那些髒東西，糞池馬上又恢復爲清潔溜溜了。

我想，現代人的文明生活讓我最感到滿意的要算是廁所了！記得，念國小一年級的時候，在我們的學校，大部分的廁所都還是老式的毛坑，每一次上廁所，當然，我指的是大便，對我都是永生不能忘記的受折磨的經驗——在濕漉漉的水泥地面上，我的兩腳橫跨在毛坑的兩側，戰競競地小心逃避著遍地爬行的蛆蟲，噁心死了！我蹲在那裡，屎還沒有拉完，腿卻早已經痠了！哪裡像現在，我可以坐在馬桶上，自由自在地想像小說的情節！等到拉完了屎，我就趕快用衛生紙擦屁股，匆匆地丟入底下像條死滯的河水般的臭糞坑，打開門，掩鼻而逃，我知道，當衛生紙掉落的刹那，必定會有一群蒼蠅轟然飛起。

嚇死人呀！

通常，我是不到學校的廁所拉屎的！每一天早晨，上學之前，我一定先在自己家裡的廁所辦完事，再去學校，對當時的我來說，這件事絕對比臨出門時檢查是不是帶了手帕、衛生紙還重要！而如果萬一在學校時突然感到想拉屎的話，我都會盡量地忍住，能忍則忍，忍不住了，我就趁著下課時間跑回隔了兩條街的家裡上廁所。有一次，我卻在回家的途中忍不住而拉了一褲子稀稀的大便，那天我吃壞了肚子，而那種黏黏膩膩的感覺教我一直到現在都要對自己感到沒有信心！其實，像我這種經驗還算不了什麼！哪一個人不是經過拉屎、拉尿而慢慢長大的！在路上拉屎的經驗也沒有什麼大不了的啦！糟糕的是，如果一個人有過掉入毛坑的經驗的話，我想，他這一輩子一定會在每一次上廁所的時候百感交集吧！

後來，我們班有一個叫做王正中的男孩子他就那麼倒楣不小心掉到學校的毛坑裡去！我現在已經想不起來當時他爲什麼會掉下去的了。我記得，當我圍在人群之中看著學校的工友用繩子配合著棍子把他從毛坑的糞沼中拖出來時，他的身上、臉上除了又髒又臭的屎之外就是爬來爬去的蛆蟲了，噁心死了！那時，圍觀的同學都不由地嘔吐不止，後來，在教室裡沒有人敢再和王正中坐在一起，而我發現王正中有好長一段日子整個人就一直消瘦下去了（人家說他肚子裡的蛆在作怪！）。一直要到過完暑假升上二年級時他才又開始漸漸胖了起來，而那時，學校的老廁所也逐漸拆掉改建新式的廁所了，大家於是就漸漸地忘了王正中曾經掉到毛坑裡的事而跟他玩在一起了。去年，我曾經聽說王正中現在正念台大政治系二年級，聽說他畢業之後有心回到我們家鄉競選民意代表，我現在還很難想像，將來當他站在國小母校大操場的司令台上發表政見的時候會不會讓他記起小時候這件難忘的經驗？如果是我的話，我當然不會忘記這樣刻骨銘心的往事的！而且，不管對選票的增加有沒有助益，我都要在政見上加入「全面促進國小廁所的現代化」這一條來自我補償，並且嘉惠後人。

——人飢己飢，人溺己溺——

好了，不要再天馬行空的胡思亂想了！記住，小說不是想出來的！是寫出來的！趕快出去寫作吧！不要「占著毛坑不拉屎」了！

於是，我又拿著報紙走出盥洗室，出來時，我想，如果我要把剛剛從盥洗到坐馬桶的時間內所發生的和所回想的事寫成一篇小說的話要怎麼寫呢？不行這樣啦！我馬上告訴自己：哪裡有人的小說去處理這種生活上的瑣碎和無聊呢？主題不夠嚴肅，不能成爲偉大的小說！再說，即使寫出來的話也只是一篇流水帳而已——早上，我六點就起床了，刷牙、洗臉、上廁所……——唉！那我怎麼辦呢？心有餘力不足！我是決心獻身寫作事業的，但生活經驗不夠，我能寫什麼呢？算了！我告訴自己，不要急！寫作是一輩子的事，現在還是用功讀點書，做筆記吧！好，我要開始讀書，記札記了。

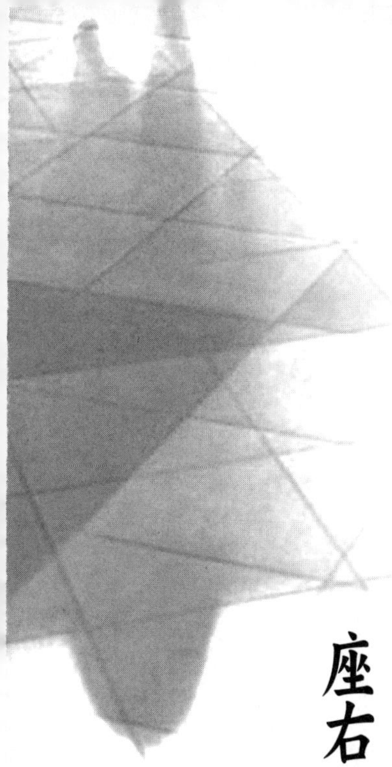

座右銘

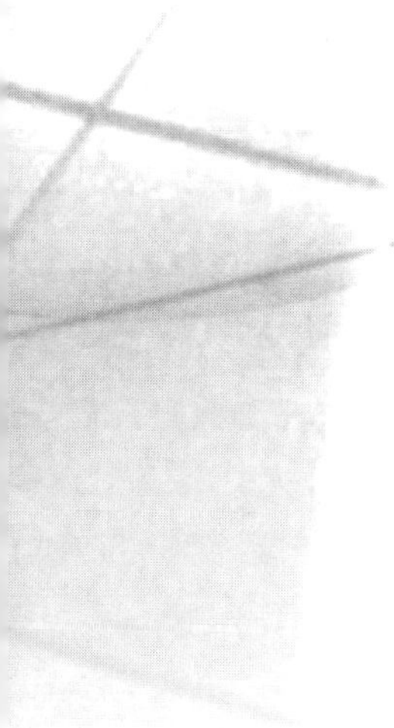

現在是中原標準時間十點半。

一分鐘前，他剛從浴室盥洗紓解出來。現在，他人正站在書桌前，給自己沖一杯五百CC的克寧奶粉；當早餐。喝完牛奶，他把杯子洗淨；然後泡了一杯五百CC的茶。他於是坐下來，開始讀書。

書桌上攤開的是福克納的小說集，集子裡有福克納的〈熊〉和〈聲音與憤怒〉兩部小說。幾天來，他一直細讀著福克納小說的文字內裡的奧祕，他不斷地把小說翻來覆去的讀，想要找出整本小說組合的軌跡，他甚至把整本小說的情節像機器一樣的分解開來，試圖找出小說中時間跳動的基點，然後再把它們組合、還原；但是，他現在感到洩氣了！他覺得被他分解開來的機器，竟然少了一些該有的零件，使得他再怎麼努力也無法裝回原樣。然而，他是實實在在地被福克納的心靈迷住了！儘管他不甚理解大師的內心世界。於是，他決定回頭再讀一次福克納在諾貝爾文學獎頒獎儀式上所發表的演說。

就在這時，他聽到樓梯震動的聲音。

有人上來了；他想。

是的，有人上來了！上來的不是別人，正是樓下雜貨店的老闆娘，也就是他的女房東。

「你在用功讀書啊？」她尖著嗓子說，語氣是帶著嘲諷的，就好像她從來不曾看過他安靜地坐著念書似的。

「沒有啦！」他慌忙地站起來，拉張椅子，說：「您早！房東太太，請坐。」

「不早了！都快中午了還早什麼？」她一邊說，一邊就坐在椅子上，盯著他瞧。

他則故意藉機看著桌上的那只鬧鐘，避開她那懾人的眼光。他其實知道她爲什麼會專程上樓來找他。（她一定是來催收房租的！）但，他還是裝作不知，客氣地問說：「房東太太，上樓來有事嗎？」

「有事嗎？」她帶著曖昧的笑容說，「當然有事啦！沒事我怎麼敢上來打擾你讀書！萬一你這次要再考不上的話，我可擔待不起呀！」

「不要這樣說啦，房東太太，我只是在看小說而已，沒關係的啦！」

他那尚未世故的心因爲受不住她那帶刺的話而不由地想要解說什麼；但是，他話才剛說完便深深地悔恨自己話說得太多了。

「爲什麼要對她說是在看小說呢？」他想。

「看小說哦——」她把哦拉得長長的一聲，「都要考大學的人還敢跟人家看小說哦——也不想想你媽媽賺錢賺得多辛苦……」

她後來還說了些什麼，他已經不知道了，爲了內心的安靜，他故意不去聽她的嘮叨；而其實他不用聽也知道她會說些什麼的！反正就是所有考生的家長會說的那一套話就是了。有時候，他會想她實在是沒有資格對他說那些話的！然而，事實上，因爲這已經是他連續第二年租她的房子之故，對他的情況她已經很清楚了；而且，他的母親在去年聯考前北上看他的時候還特地去謝謝人家房東太太對他的生活的照顧。兩個中老年人的婦女也就在那時彼此交換了對於生活的苦況的怨嘆的！兩個女人因此有了某種程度的相熟。

她坐在那裡嘮叨個沒完沒了，他就裝作有禮地起來給她泡茶。他拿著茶杯，放好茶葉，擺在桌上，然後提了電壺走進盥洗室，把水裝入電壺中，他插了電，然後又走回書桌那裡，坐下來，裝作很受教地看她講話的神情。而其實，他是根本都不在聽的！他想，當初要不是因爲這裡離台大近，遠離大馬路的市聲，而且比較便宜的房租的話，他單單是爲了房東太太那臃腫的身材就不會搬來住的！當他第一眼看到她那帶著過分熱情的眼神和頗有氣勢的嘴的弧度時，他就想：這一定是個潑婦罵街型的女人的！當然，他沒有猜錯！後來，許多個好夢未醒的早晨，她的嗓門便硬是把他吵醒了！即使這樣，對於自以爲是文學青年的他，單單因爲這賃租的閣樓是位於一片破落的木造違建的住宅區之間，他那浪漫的心便因爲感到那種落拓、潦敗的情景而滿足了他自以爲的成長中的藝術家該有的一段波希米亞的生活了。於是，他也從沒有過搬家的念頭。

現在，他聽到水蒸汽沸騰的聲音了。他於是又站起來，離開座位，走向牆角的插座那裡，拔掉插頭，然後把超過一百度C的熱水沖入茶杯裡；他順手把茶杯蓋好以免讓茶葉濃郁的清香溢散了。當他再次地坐下來時，他的心緒立時又開始冥想了起來。

長久以來，他有時候突然地會質問自己：爲什麼全台北市有那麼多的房子不去住，卻偏偏要住到這棟閣樓來呢？當然，通常他都會給自己這個或那個答案來解釋這件事的。比如說，他剛剛想到的安靜，便宜，距離台大的校園不遠……等等，都是原因之一。其實，從他現在的住所走到台大是還需要一段時間的路程的，確實說來大約是廿分鐘吧！但，對他來說，台大是一種希望，更是刺激！常常地，他會在學生用餐的時間故意地排在一群台大學生的隊伍中，等著吃自助餐。那時，他的心情總是非常矛盾的：他自卑卻又自負。一次再次地落榜於大學聯考的經驗當然是使他面對這些好像頗有深度的台大學生時感到自卑的主要原因了！

每一次，當他想到他將可能遇到他那小學時候掉入毛坑裡而現在據說就讀於台大政治系的叫做王正中的同學時，他的自卑的心情立刻達到極致了！那個時候，他便會像是突然見到等了他三年的復仇者似的拔腿就跑；跑回到閣樓，躺在木板床上瞪著天花板來百感交集一番！也正因爲他自己經常要以感到自卑的心情來迫害他自己敏感脆弱的心靈之故，有些時候他也會讓自己莫名地自負起來以便補償自己歪扭了的心靈。那個時候，通常都是他沒有在點菜之前便落荒而逃的情況。在那種情況下，他總是盡量讓自己保持冷靜，抬頭挺胸。以著自負的神氣——雖然他心裡還是以爲人家都在冷眼打量考不上大學的他——端著餐盤，找尋適當的位子坐下來。而所謂適當的位子對他來說就是有一群學生聚餐的前、後、左、右的空位子。這時，他全身各部眞正用心的器官便是耳朵了。每一次，他都把耳朵盡量拉長，長得足夠清楚地聽到那些台大學生的談話爲止；重考生的他於是便以著唯恐遺漏了什麼的戰戰兢兢的心情聽他們說話（如果高中三年他是以這種心情上課的話，他現在也一樣是個抱著「原文書」的大學生了）。然後，當他用畢自己餐盤裡的飯食，同時也對那圍繞著舞會、郊遊、托福……等等等等軟趴趴的話題感到無可忍受的厭倦時，他便會以著昂然的自負的神態走過那些掛著大學生身分的人群，並且在內心裡大聲地告訴自己說：「他們就會知道我是誰的！」

實在說來，廿歲的他最最感到心虛的就是聽到那些同年的年輕人會說出一些自己沒有足夠的智慧見識去理解的深刻的思想見解。比如說，政治！

「聽到沒有？」她問那個定定地望著自己的他，說：「聽到沒有……嗯？」

「什麼？」他的冥想中止了。

「我說，」她有點不厭煩地，「你媽媽昨天晚上打長途電話來，那時候你不在！你媽媽就問我說你去哪裡？我就告訴她說你可能到圖書館念書了！但是你媽媽不放心，她一直要我告訴她你是不是有在外面跟人家交什麼壞朋友？我當然告訴她說你很乖啦！平常時也很少出去啦！也沒有看過什麼不三不四的朋友來找你啦！我告訴她說：『你放心啦！阿姊，他住在我這裡絕對不會學壞的啦！』你說是不是？」

（他奇怪她怎麼叫起母親阿姊來了？）

「但是，你媽媽還是不放心，她再三交代我要我告訴你說大學如果考得上就去念，考不上也沒關係！等你做完兵再回來考還是一樣的！她放心不下的就是怕你在台北被人家帶壞……」

「不會啦！」他說。

「還有就是，」她繼續被打斷的話，說：「還有就是你媽媽說現在外面在選什麼立法委員的，亂糟糟的！她說要你用功念書就好，外面的事你都不要去多管，看到人多的地方就離遠一點，什麼政見發表會也不要去聽，你只要把書念好就是了，你媽媽還說你們家隔壁那個姓余的兒子從前就是喜歡跟人家去聽什麼政見發表會、發宣傳單而惹得一家人的生活不安寧，所以你不要去多管人家的閒事，聽到沒有？」

「哦！」

「好啦！」她站起來，舒了一口氣，茶根本都沒有喝，說：「都知道了呵？不要去管別人的事！我走了……」

「謝謝您！房東太太。」他納悶著她沒有提到房租。

「還有，」她才走到門口卻又停步回過頭說：「還有你的房租也該交啦！」

「知道啦！」他說，望著她那潑婦型的背影，「晚上就給您送去啦。」

他想，她其實應該開門見山就說要來收房租的，她實在不必說了那麼多廢話之後才把眞正的重點說出來的。

「難道我還會賴皮嗎？」

以往，他都是一次就付清半年的房租的！當然，那是因爲他那時從沒有過搬家的念頭，他才這樣的！現在，情形有點不同了，這次北上，他的心情已經跟以前不一樣了。他想他這種一次付清半年房租的作法實在太老實，太不自由了！萬一在這裡住不下去了，怎麼辦呢？（雖然，他很喜歡這破陋的住所。）那時，錢不就拿不回來了嗎？而其實他之所以不再一次付清半年房租的原因並不是這樣的！事實是，他已經決定此生要以寫小說作爲努力的事業的，也因此內心渴望著能夠存錢，買一套諾貝爾文學獎全集的書。

有許久了，他幾乎每天都會跑到位於新生南路的遠景出版社的門市部；就像那些跋涉千山萬水朝拜聖地的教徒一樣，他想，如果那坐在門口的女店員不會把他當作瘋子來看待的話，他是忍不住要在每天的固定時刻，面對書架上那一群按照得獎的年代順序排放著的二十世紀的偉大心靈頂禮膜拜的！一天又一天，他時常望著一張自己從書局拿回來的印有這些巨匠的肖像的廣告紙沉思；沉思時候的他經常會對自己發問：爲什麼這些人對人性會有這樣深刻的認識呢？那種對於人懷抱著悲憫的同情像高山一樣巨大像海洋一樣寬廣的胸襟是如何造就的呢？當然，他的沉思，他的發問，不外是想要知道「我能不能？」這件事的！他是不怕受苦、受侮辱、受迫害的！他怕的只是他這一生的日子永遠會像小學生流水帳的日記一樣沒有意義的流逝！而這樣，不管他的文字鍛鍊得如何精練，不管他駕馭寫作技巧的能力是如何地隨心所欲，他所寫的小說也只能像每天的生活那樣，從夢境到甦醒，從戀枕到起床，從盥洗到早餐，從……等等，等等。而這些都是那麼零碎，那麼平淡，不但看不到人的墮落，也看不到一個掙扎著向善的靈魂的面貌！寫小說？這樣的小說給誰看呢？沒有溫暖！也沒有啓發！讀者浪費了寶貴的時間和心力去讀一個人沒有意義的夢！上廁所的情形！這是在幹什麼呢？像這樣的人還是趕快老老實實的去生活罷！他告訴自己。

但是，他馬上安慰自己：沒關係！你還年輕，不用急的！他開始想像未來的生活——

你知道，在往後，你會再次受挫於考場上！你去當大頭兵的時候會遭受到你現在想像不

到的折磨！退伍以後，你會面臨失業的打擊！即使好不容易找到一份不怎麼樣的工作了，你也有很大的可能被炒魷魚！而且，你會跟所有成年的男人一樣徒勞地追求自己內心的愛慾的滿足；這時，你就有機會面臨失戀的痛苦！面對「綠帽子」的難堪的受辱經驗！而佛洛依德還會告訴你你的毛病可眞不少啊！當然，你還是會有家的（雖然是個破碎的家），你也必須對你自己性慾發洩後的代價（你的兩個孩子）負責，從小到大，奶粉錢，洗尿片，夜夜不得安睡，孩子長牙了，出疹了，打預防針了沒有？上幼稚園了，念小學了，讀國中了，尷尬的青春期；這時，你必須以一種開放的心靈告訴你的孩子生命的事實！你必須讓他們知道生命究竟是怎麼回事的！但是，因爲你自己（中年人了）並不是挺健康的，你當然也就很難讓你的孩子的心理正常地成長！那麼，天天盯著你那身體初熟的女兒吧！否則，你就會知道「未婚媽媽」是怎麼回事了！考高中，上大學，男孩子當兵了，女孩子離家了，你也老了，退休了，然後用退休金送退伍的男孩出國留學，寂寞的無聊的衰老的病痛的你的身體的慾望再也不能對生活要求什麼了。孤獨的你如果有一棟自己一生的積蓄買來的公寓房子的話，那麼，每一天，你可以搬一張搖椅安靜地坐在陽台上，讓自己的思緒隨著太陽的東升而回想；用心地去想，從你可以記憶的日子開始想。這時，你又會重新感覺到嬰孩時候斷奶的無依！感覺到塑膠的奶嘴和母親溫柔的乳頭之間的差別！當然，搖椅有時候會因你不安的心情而劇烈晃漾著，有什麼好不安的呢？過去的日子裡那種種不堪的經驗現在又隨著西沉的落日而逐漸呈顯。當公路上的第一盞街燈亮起來的時候，你會想到你第一次失戀時候的痛苦！你會記得那個女孩家裡的門是如何轟然關上的！你會記得她家巷子的那盞暈黃的街燈是在你掉了第幾顆少年的眼淚時亮起來的！你會記得，記得巷子的寂冷；記得在初夏的夜晚的公路上車子嗚響的喇叭聲，燈光的閃滅，急急忙忙地穿越馬路的行人；你會記得從這天黃昏到深夜的情景；當然，你更會記得你是在那時才知道愛戀的糾結的痛苦的！現在，你的思緒被一陣電鈴聲打斷了，你回到老年的你的世界。你於是看到公寓對面的門開了；看到一個年輕的女子親熱地迎進一個約莫卅歲左右的男子；（你是以他稍稍凸出的肚子來猜測的，你卅五歲的時候肚子就再也消不下去而隨著年紀日漸增長了。）你看到他們相擁著走過客廳；然後房間的燈亮了；當房間的燈稍稍暗下來時，望著薄薄的帘子裡交纏蠕動的兩條人影時，你會再次地感受到廿三歲那年當你的陰莖第一次插入女體時的快感。那時，正因爲沉迷於這種肉體的快感，服完兵役念著大學夜間部的你於是娶了那個細瘦柔順（做愛時卻帶股深刻的野勁），剛剛畢業於女中的因爲你而不再是處女（因爲她你也不再是童男）的女子爲妻。你現在想，那時的結婚對你來說不過是種「包伙」的心理吧！當然，你是愛她的，（只愛她的身體吧！）就像厭倦於四處打游擊解決三餐而「包伙」一樣，你想，對於性的滿足的需要才是你結婚的眞正動機吧！（如果不是因爲婚姻提供你合法的固定的性交的權利，你會笨到讓自己套上婚姻的枷鎖嗎？當然不會。）然而，你並沒有想到你那你自以爲忠實（每次達到興奮時你都感覺到她那戰慄著緊緊地擁抱著你的身體的她的全部熱情）的妻子日後竟會讓你不得不面臨一個做丈夫的所能感到的最最難堪的情境！現在，你看到對面房間的燈火完全地暗了下來。睡了，你想，兩具身體在一度的激亢之後已然就要沉入寧靜的夢境了。但是，他們，男人和女人，他們將永遠是敵對的！他永遠不會知道她的夢裡的情境，她也無法知道他作的是什麼夢？而你知道：他的身體在他的一生之中不會只單單進入她的身體而已！她的身體也不會光光只承受他的而已！他和她總是重複地離開這個去迎合那個！他的肉體和她的肉體注定要感受著那極度的亢奮之後的空虛而一再地墮入下沉的寂寞的刺激然後漸漸老化、腐朽。然而，當初自己爲什麼要那樣地在乎她的身體和別的男人的身體交合呢？現在，你不得不再度面臨當年那種不堪的心境了！長久以來，你一直逃避著，你害怕自己一不經意就要觸及到那夜的情景而陷入無力的哀傷的羞愧的心境中！可是，對於她並沒有感到深刻的愛情的你的心爲什麼要因爲她的身體背棄了你的身體而受到傷害呢？當初你要的不是一具女子的身體而已嗎？爲什麼不去追尋另外一具能夠滿足你的女子的身體呢？現在，你想，如果我的青春還沒有流逝就讓自己徹底地墮入感官放任的世界吧！年老的你因爲感覺到肉體死亡的迫近而渴望能夠再度感受放縱著情慾的年輕肉體的生命力！

他停下他的冥想，問自己說：「佛洛依德會怎麼解釋我剛剛想像的情境呢？」

「但是，佛洛依德究竟說了些什麼呢？我所有的想像對那些讀過佛洛依德的性學理論的人來說會不會很幼稚可笑呢？」

現在他更加感到他要讀的書實在太多太多了！然而，那畢竟是以後的事了，現在他還是寧可回到他的想像世界裡；他想知道，最後，他自己會如何來結束這想像中的老人的生命？而爲了探求眞實，他必須讓自己成爲那個老人。

於是，坐在深夜的黑暗中的搖椅上的你竟然在懷想著往事的同時不自覺地自瀆了起來；然而，當你一旦發覺你那衰老了的男性已然不再具有任何意義的事實時你便再也無法讓自己的記憶逃避那夜的情境了。

那夜，現在當你想到那夜的情景時你似乎已然再度實實在在地感受到了那夜露的濕寒，你想，再沒有比一顆懷疑的心思更加不安的心情了，而更無情的時刻是，你發現你的懷疑讓你親自證實的時候了！那個夜晚，倚在一棟兩層樓的住家圍牆下的你掙扎著是否要衝上去，讓自己確確實實地目睹你的妻子赤裸的身體躺在另外一具男子的身體旁邊，相擁著入眠？那時，你就可以證實你所懷疑的了！然而，你想到穿著整齊的自己一旦激動地面對那兩具因爲事出突然而驚訝地尷尬著的赤身時，感到羞恥的會是自己而不是他們兩個人時，你會如何地輕蔑自己呀！這樣，你就再也沒有勇氣去揭發自己的無能了。於是，當夜露的濕寒浸透你那無主的心時，天也亮了。你然後就躲在電線杆的後面看著他和她走出來，走進汽車裡面；當你望著汽車駛動所激起的塵土隨著汽車的遠離而逐漸沉落大地之後，你這一生便再也沒有碰過女人的身體了。那之後有一段時日，你一直渴望著社會秩序的變動！你想，在動亂的時局中，你可以把你的身體投入革命的行動，激起一些生命的火花。

現在，天亮了，市集從黑夜的寧靜中逐漸甦醒。你想像著在一夜之間有多少進入女體的精子此刻正努力著游向卵子的所在處；生命是那麼強烈地渴望被孕育而誕生！然而，你想，爲什麼我會老呢？而且竟是老得那麼快！讓我再年輕一次吧！讓我再次地因爲肉體的激亢而實實在在地感受著青春吧！我還沒有實實在在地活過呀！再給我一段青春的歲月吧！太遲了！對你來說，一切都太遲了！這一輩子你並沒有具體地完成什麼事業！而且，也不再有任何的可能性了……

現在是早上六點五十分又廿五秒了，如果你沒有忘記廿歲時候的你曾經有過創作偉大的小說的藝術衝動的話，對你來說，在死亡來臨之前，你還可以提筆寫小說的！這樣，你大概就不會感到太無聊、太寂寞的！然而，你必須知道這也不過是你打發殘生的消遣罷了，談不上什麼「藝術性」！談不上什麼「文以載道」！談不上什麼「關懷現實」！更談不上什麼「人道主義」的偉大了！

你可以現在出門，到巷子口的老王那裡喝碗豆漿（記得加個蛋），吃套燒餅油條，然後你再費心多走幾步路到國小旁邊的那家文具店，買一刀稿紙，一枝白金牌的鋼筆和五盒卡式墨水管（黑色的）；這樣，當八點的鐘聲響起時，學校的學生便開始上課，公務人員開始上班，郵局開始辦理存提款的業務（九點的時候也許會有退役的老芋仔蒙著面，拿把玩具手槍，扛了一只麻布袋來搶郵局的鈔票），等等，等等。但是，對你來說，那時刻卻是具有歷史性的！也就是說，當鐘聲沉寂時，你已經坐在書桌前，攤開稿紙；你於是會在六百字稿紙的第一行空了四格，寫下「我的一生」四個字。由於這是你的回憶錄，你並不需要多少寫小說的想像力與文字技巧。敘事觀點當然是第一人稱的「我」

了。故事的發展可以平鋪直敘，也可以倒敘，如果腦筋還清楚的話，你也可以來「意識流」意思意思；你只要坐著回想，想到什麼就寫什麼，如果能夠在每種生活現象的描述之後加以深刻的分析與自剖當然會顯得有深度多了。而如果你還奢望「藝術性」的話，你就試著把回憶稍稍整理得有條理些吧！這樣，你每天早上起床之後，先到老王那裡吃早點；從八點開始回憶和寫作；中午睡個午覺，大約下午五點的時候起床；晚餐；散步；七點半的電視新聞你也就不必看了！畢竟這個地球上發生了什麼事已經和你沒有相干了！不久，你就要滾到一個從來沒有人知道的地方去了！而爲了把握僅餘的一點生命，你最好從七點開始繼續工作兩個小時；九點的時候你就準時上床休息；其實，人老了也睡不熟的，但是爲了第二天有足夠清醒的頭腦和充沛的體力起見，你還是早一點休息好了！千萬不要熬夜，那是年輕人才玩得起的。

好了，你就這樣寫！寫！寫！寫到你倒在桌上斷息而死爲止！於是，一天，兩天，三天……十天了，那個賣豆漿的老王會因爲有十天不曾見到你了而感到憂慮。於是，第十天的早晨十點鐘，該吃早餐的人都吃過了以後，他就會到你的公寓找你。他首先會按電鈴，但他會發現他浪費了十分鐘；因此，他便立刻下樓，打電話給管區的警員報案；而開鎖匠會在五分鐘後把鐵門和雕花木門打開；於是他們都會聞到從你身上溢散出來的臭味；用著手帕掩著鼻子的他們立刻會發現你已經死了有一段時日了。老王會因爲少了一個老顧客以及想到自己的衰老（他只比你年輕三歲）而替你和自己可能同樣的命運流淚。最後，那個警員會注意到你留在桌上的最後一張稿紙；在稿紙上，你所寫下的最後幾段文字會引發他的好奇心和建功的急切！他當然會試著去想像你也許是死於謀殺的也說不定？因此，他在後來跟人家聊到你的死時，他很自然地就能夠脫口背出那段文字：

——在最後的夜晚，我感覺到一座無底的深淵無時無刻不在我的腳下出現，引誘著我，我感到孤獨，感到寂寞，好像看到自己必須一個人永遠走在荒涼的苦寂的山路上。後來我可以感覺得到蕭颯的山風帶著鹽的氣息吹來，我於是感到振奮，這時我已經忘了那些與我一同出發卻夭亡於旅途中的同伴所引起的難過了。我不畏崎嶇，不顧疲勞地往前奔跑，就這樣，我終於跑到大海的岸邊了，在那裡，我看到一個豐碩的地母似的女人向我張臂迎來，我沒有想到害羞，彷彿那個女人就是我跋涉這艱坎的旅途的目的似的。我像孩子依偎在母親的懷裡一樣地依偎在她的懷裡，而我可以感覺得到我的頭正枕在她那溫柔的乳房上，像個嬰孩一樣，我張開嘴，吸吮著她的碩實的乳頭，雙手輕輕地抓著她那泛著青筋的乳房，我吸吮著，滿足地抬起頭時，我看到母親的臉，「媽！」我叫她，但她並沒有回應我，她的臉模糊了，現在又清晰了，「怎麼，是你？」我發現那臉竟然是我的妻子的臉，但是這讓我吸吮著的乳頭又是誰的呢？我仔細辨認，原來是妻的！但是為什麼這讓我吸吮的乳頭還要讓其他人分享呢？我看到一個男子從海岸的另一端跑來，他跑向她，她也迎向他，我被丟在那裡，看著兩條赤身的人體奔向遠方，消逝了……寂靜、冷清，我感到寂寞得要死，那處深淵又來到我的意識裡了，我不知道它存不存在？但是，我不管了，我懷著極度的渴望溯游而入，終於，我來到一處平靜的海洋了，黑暗的不見天日的但卻是溫暖得讓我感到從沒有過的安全的一汪海洋，於是，我就在那裡安住下來，不再流浪了。

但是，永遠沒有人會知道這是什麼意思？人家都會認爲你是瘋了……而後來，你的屍體是被草草收拾的，人家把你燒成灰，放在骨罈裡。你的兒子因爲攻讀博士學位的功課繁重不能回國奔喪！你的女兒早就聯絡不上了！你的妻子也沒有人知道是不是還活在人世上？大家知道的只是，你終於死了！死在一堆塗滿了夢魘似的文字的每張六百字的稿紙裡。

當這個多多少少帶著點自傳性的想像所塑造的老人死了，他那奔流激盪的想像力也漸漸地息止，他於是又回到了現實的世界。

他抬起沉迷於想像世界裡的眼睛，看到擺在桌上的一枝白金牌鋼筆，一杯五百CC的茶，一本福克納的小說集，桌角那邊還堆著一疊六百字的稿紙；他遠遠地看到最上面一張的第一行，空了四格，然後寫著：浪子回家。現在，他的眼睛看到面對著他的那只鬧鐘了。

時間是中原標準時間早上十一點過七分了。

他愣愣地坐在那裡，再度地因爲自己在剛剛不到四十分鐘的時間之內所經歷的意識的想像而感到沮喪。自許著深邃、廣闊的偉大性的他的心情因此而對自己意識的瑣碎、思想的貧乏，以及對現實的渾然不知所組合的這樣沒有意義的小說題材感到再也無法忍受了。

「算了！」他告訴自己說，「不要再胡思亂想了，不讀書，沒有豐富的生活歷練和受苦經驗，再怎麼天花亂墜地想像也寫不出偉大的小說的！……讀書吧！」

當他再次地細讀了福克納在諾貝爾文學獎的頒獎典禮上所發表的致答辭時時間已經是十一點卅分整了。心思敏感的他現在除了沉湎於福克納的文字所流露的思想所給予他的文學心靈的感動和啓發之外他是什麼也不去想的了。許久許久了，他彷彿失神似地坐在那裡沉思；然後，他動作堅定地打開抽屜，抽出日記本；他於是在扉頁上抄下一段大師的思想，作爲自己生活和寫作的座右銘：

我覺得：這個獎並不是授給作為一個人的我，而是授給我的工作——既不為虛名，也不為厚利，以人的精神為素材，為了創造出未曾有過的事物，成就於人的心靈的煎熬與勞苦的工作。……今天的文學青年，已經把自相掙扎的人類的心靈遺忘了。而獨有從這一顆能自我掙扎與煎熬的心靈，才能產生傑出的作品。因為只有這勞苦、自相掙扎與煎熬的心靈，才值得我們去寫，才值得作家的心身為之棘刺、為之憂勞。

一個有志於寫作的青年，應當從頭學習去認識和描寫人類心靈的掙扎與勞苦。……在他工作的所在，應該僅只充塞著人心從古遠以來就有的眞實和眞理。沒有這古老而遍在的眞理，任何小說也無非蜉蝣與朝露，瞬息即逝。這古老而遍在的心靈的眞理，便是愛、榮譽、憐憫、尊嚴、同情和犧牲。在一個文學青年學會了這一切之前，他所有的勞作，注定了不會成功。他所描寫的不是愛情而是肉慾。在他所描寫的挫敗中，看不見有人喪失了什麼眞正有意義的價值的東西。在他所描繪的勝利當中，沒有希望，更沒有憐憫和同情。他的悲哀，缺少普遍的基礎，不能留下絲毫創痕。他所描寫的，不是人類的心靈，而是人類的腺體。

在重新學習去描寫人的心中永恆的眞理以前，一個文學青年彷彿被人類的末日所浸漬，眺望著人類的末日那樣地寫作。……我深信人不僅僅只是能忍耐，他將得勝。人的不朽，不只是因爲他在萬物中是唯一具有永不耗竭的聲音，而是因爲他有靈魂——那使人類能同情、能犧牲、能忍耐的靈魂。詩人和作家的責任，便是要寫出這能同情、犧牲與忍耐的人的靈魂。

十二點整了，他離開閣樓，走到台大對面的自助餐店用午餐；同時，他決定一吃過飯便立刻回到閣樓開始創作他的處女作——〈浪子回家〉。他想，他必須寫，必須讓自己的心智在創作的過程中逐漸自覺地成熟完滿。

處女作

中午，十二點四十分左右，你從台大對面的自助餐店回到自己的閣樓。吃過這頓午餐之後，你口袋裡就只剩下一個十塊錢的銅板和一張只剩兩格的公車票了；而這就是你現在所有的全部財產了。躺在木板床上，一面休息，一面構思著馬上就要動筆的小說的第一句話的你，於是就想到了高中時候曾經讀過的一本叫做《屋頂間的哲學家》的翻譯書。那麼久了，你當然早就記不得那本書裡頭到底在說些什麼？你現在記得的只是書名罷了！由於年輕人普遍都有的虛榮心，你竟然幻想著有一天自己也會因爲這段蟄居落魄的生活而被稱爲「閣樓裡的小說家」吧！想到這，你忍不住就興奮起來，彷佛看到自己終於能夠站在地球的一角向世世代代的人類宣揚你的福音了。於是，醞釀了很久的那股寫作的衝動再也無法壓抑了。你立刻拔掉鋼筆套，在稿紙的第二行空下兩格的地方開始踏出作家生涯的第一步；時間是下午一點整（未來的文學史家一定不會忽略這歷史性的一刻）。

浪子回家

期末考試結束了。

我回到已然冷寂的宿舍，幽暗的長廊蘊放著一種難以界說的末日的氣氛；住宿的同學都已經回家等待過年了。

肅肅的寒風吹過，長廊裡便這兒那兒飛散著褪落的海報；那落寞的景象似如惡靈之般啃囓著我脆弱的情衷。有如那船難落海的人在漫無邊際的空茫虛無之中企求抓住一些可以浮水之物一般，於是，我便上床午睡；我想，只要睡著了，我就什麼都不必想了。

醒來時，我聽到遠處間斷地傳來的鞭炮聲；我看了看窗外的天色，已然是黃昏時分了。夢醒之後的清醒使我不由地沉入對於過去的回憶……

好！就這樣開始，還不錯。你對自己剛剛寫完的開頭幾段感到滿意。你想，既然是回憶，故事就可以用倒敘的手法來進展了。當然，如果用意識流的手法來表現的話，整篇小說的節奏就會更明快、活潑，而且更能夠描述出一個人內心的深刻感情的；但是，你想，自己都還不會走路，怎麼可以用跑呢？還是按部就班的來吧！

現在，敘事觀點已經決定用第一人稱「我」來講故事了，筆法上也已然決定用倒敘的手法了，那麼，人物呢？除了「我」以外，還有哪些人呢？

其實，對你來說，小說的情節和人物一點都不是問題！這篇小說的內容你早就想好了，你之所以遲遲沒有下筆的原因是：你不知道小說到底要怎麼寫？現在，既然已經出手了，你想，其他的什麼跟什麼都不要去想了！要緊的是，老老實實的把故事敘述完畢。

自從稍稍懂得人情世故以來，自從得知母親年輕歲月的滄桑與家裡錯綜複雜的血緣關係以來，自從我那聰明的哥哥棄學出走混跡幫派當了未成年的爸爸而後因著殺人入獄以來；家，在我的心裡也從年少時的矢志遠離致而唾棄厭惡了。

連續地重複三次「自從……以來」的句型，使得你寫完這段時不能不停下筆來斟酌一番！你告訴自己：這樣的文字行不通的，囉唆又拗口！

自從……，你一遍又一遍地朗誦著，最後，你決定只要刪掉「歲月」和「錯綜」四個字就好了，其餘的就不改動了。你想，雖然沒有人寫過這樣冗長、反覆的句子，但並不表示這種句子不合常理！最少，你安慰自己，最少它能某種程度地表達敘事者激切的情緒的。

幾年來，年少的青蒼歲月是那麼地抑鬱苦悶，那麼地陰暗而沒有陽光呀。

你讀了一遍，然後把最後一個「呀」畫掉，感嘆詞用多了就顯得濫情！你想。

後來，因著用功讀書我終而得以一窺終究讓我感到失望的大學聖殿的堂奧，終而得以有著冠冕堂堂的理由遠離我那陰鬱的家而悠遊於這浮誇虛矯的藉著學術的化妝來掩飾內裡浮誇虛矯的大學城。

首先，你毫不遲疑地塗掉重複了兩次的「浮誇虛矯的」的第一句，同時覺得自己的詞彙太少了，應該多讀些中國的古典名著才好。然後，你就費心地思量第二句和第三句彼此之間的次序是不是要調整爲「我終而得以有著冠冕堂皇的理由一窺終究讓我感到失望的大學聖殿的堂奧」，你想，如果這樣的話就可以把第二次出現的「終而得以」四個字省略，但問題是，句子卻因此無法順暢地連接下一句了，你於是就暫時不去更改它了。

因而，三年來我是一直耽溺於那麼散漫、頹廢乃至於放縱的波希米亞底生活。

如何地散漫、頹廢、放縱？還有，波希米亞的生活意思是指什麼樣的生活呢？流浪？乞討？或者是……

在白天，我逃避著教室裡單調的枯燥的完全不是那麼一回事的課程而沉迷於小說裡縹緲虛幻的理想。

「單調的枯燥的」，這種句子太拗口了，你於是把第一個「的」去掉，同時把自己也不知道是什麼意思的「完全不是那麼一回事的」形容詞割捨，精簡爲「單調枯燥的課程」。

在夜晚，我就在大學的校園裡飲酒。藉著酒精的麻醉所生的暈眩幻象和一群同樣抑鬱而又陷入所謂生命存在的荒謬困境裡的虛無的理想主義者狂歌醉吟。

其實，你自己也不太清楚筆下所謂的「生命存在」、「荒謬困境」和「虛無的理想主義者」到底是什麼意思？事實上，你這篇小說的題材是由一群輔大的文學青年的生活所啓發的靈感。

去年冬天的某個晚上，你到新莊姊姊的宿舍拿生活費之後，因爲羨慕和崇仰的心引領你勇敢地走進那座華麗的大學校園。夜晚八點多了，你一個大學重考生獨自走在大學的林道上感受著你所能感到的各種心情的滋味。

後來，你穿越文學院前面的草坪往文學院的大樓走去。在草坪上，你看到有一群人圍成一圈地坐著，每個人的前面擺著一根點燃的蠟燭，圈圈的中央則是一個三層的大蛋糕，當時，你沒有看清楚蛋糕上面的蠟燭是幾根？但是，你知道，他們的年紀都和自己差不多的！差別的是，人家是大學生！自己卻是個卑微的重考生！後來，你走到長廊的布告欄那裡看哲學系、中文系和歷史系的課表時你聽到了背後傳來的歡樂的歌聲：Happy birthday to you……。當時，你傷感地想道，人家大學生畢竟是不一樣的！連生日快樂歌都要用英文來唱！

三分鐘之後，你走過一間演講教室，有個女學生請你進去聽演講；你因爲被邀而感到非常非常地榮幸。但，一進教室你就發現聽眾只是零零落落的十幾個人而已；雖然如此，你還是安靜地仔細地聽台上一名年約五十幾歲，頭髮斑白，嗓音帶著濃厚的磁性的作家講什麼「小說的奧祕」。你後來很快就忘記那位作家到底講了些什麼了？你只記得那位作家好像非常強調寫小說所需的想像力！

你永遠不會忘記那位高高地站在講台上的作家以那副彷彿他就是上帝似的嘴臉說：

對一個寫小說的人來說，想像力，實在是一項太重要的條件了。如果自認沒有豐富的想

像力的人，最好就不要嘗試寫小說了！其實，寫小說也不是件輕鬆愉快的事情，既傷神又傷身體，像我這樣「早生華髮」的原因就是腦汁絞了太多所造成的！再說，現在台灣的稿費那麼低，還要課稅，如果有人想靠寫小說來養活妻小的話，那我敢跟各位保證：不必多久，他的老婆一定跟人跑的。——他自己是不是一個現成的例子呢？——在台灣，如果你想靠寫小說發財的話，你就必須永遠讓自己的心思停留在十七歲少女對愛情純純的憧憬：——台下十幾個人突然爆出一陣大笑聲——各位！請不要笑！我必須聲明的是：我這句話並沒有影射任何人的意思，我只是把我自己跑遍台北市大大小小的書局和書攤所統計出來的市場調查的結果告訴各位。……這個社會是很現實的！好！話說回來，如果在座的同學明白了這種現實的利害關係之後，仍然還有人對小說「情有獨鍾」，覺得自己不寫小說就活不下去的話，那麼他除了要時時擔心老婆會不會跟人跑以外，他首先要自我訓練的就是培養想像力。至於，想像力要如何來培養呢？其實，這一點也不難！比如說，各位現在看到我手上拿的這盒鋁箔包的味全蘋果牛奶來說，如果從現實的角度來看的話，它當然就只是一盒牛奶而已！但是，對一個具有豐富的聯想力的寫小說的人來說，當他吸吮著一盒鋁箔包的味全蘋果牛奶的時候，他絕不會只想到這是一盒牛奶而已！因爲這盒牛奶的印象，他也許會想到當他十七歲的時候，第一次跟女孩子約會的時候，他也是喝著同樣牌子的一盒牛奶；因此，他就可以從一盒味全鋁箔包的蘋果牛奶出發去想像一篇描寫青春期的男孩和女孩戀愛心理的小說。這時，那盒牛奶對他來說就不只是一盒牛奶而已了，它還是一盒裝著兩百CC愛情故事的寶庫呢！……各位同學，剛剛我舉的這個例子也許並不很恰當；但是，我主要的意思是說，我們，人，每天的日常生活其實都是很瑣碎、很不浪漫的！但是，對一個寫小說的人來說，他卻必須從日常生活的表象看到生活的某種眞實，也就是說，當他描寫沒有什麼意義的生活的瑣碎時他必須讓讀者看到這些瑣碎本質上的意義……這要怎樣說才好呢？……總之，我的意思是說，對寫小說的人來說生活上任何的細節都有它所包含的意義在，問題是我們能不能看出來而已！尤其對你們年輕的這一代來說，從出生到現在，廿年來你們的生活一直是那麼地單調、平順，你們沒有經歷過戰亂！你們不知道死亡是什麼！你們甚至連貧窮的滋味都沒有嘗過！也許你們都已經有過許多次戀愛的經驗！但，請原諒我倚老賣老，我覺得你們談的戀愛都是軟綿綿的！模式化的！要死不活的！所以，像你們這一代的年輕人當然是寫不出什麼驚天動地讓人家感動得要死的小說的！……但是，你們也不要感到灰心！畢竟，以現代文學的觀點來看，小說的情節和人物都不是頂要緊的了，每一個時代都有它不同的時代風貌，但不變的是「人性」！因此，你們平常就應該更細心地觀察人！事實上，也只有「人」是小說家最要關注的對象；人，在一個時代之中的生活、感傷和掙扎不是比浪漫的情節要來得眞實嗎？……最後，我想介紹一位法國的作家來支持我上面的論點，他的大名是普魯斯特——P-r-o-u-s-t，在他的經典之作《追憶似水年華》——A-La-Recherché-du-Temps-Perdu——裡頭，他曾經花了好幾頁的篇幅描寫一個中產家庭喝茶的情形。你們想，喝茶有什麼好寫的呢？至於，他是如何的描寫？我其實也不知道！因爲到目前爲止這本世界名著還沒有中譯本出版問世，我沒有讀過，只是聽人家說的！在座如果有法文系的同學，希望他能下決心花個三年、五年的時間把這本書翻譯出來，擴展我們的文學視野！這樣的話，更年輕一代的文學青年就有福了。好！我今天晚上的演講就到此爲止，希望各位愛好文學的青年朋友們拿起你的筆，攤開稿紙，不要猶疑！不要理會任何理論、任何宗派的主張！忠實於你自己內心的感受去寫。即使現在思想幼稚、筆法拙劣、技巧不成熟也無所謂；只要你們不間斷地生活、讀書、反省、思考和寫作的話，你們將來一定會塑造出自己獨特的風格的！我想，對時代最敏感的還是你們年輕人。所以，趕快寫吧！只有作品才是實在的！任何高蹈的主張如果拿不出作品來，它仍然沒有任何意義。好！現在，各位同學如果有什麼見解的話，請盡量提出來，大家一起討論。謝謝各位！

——台下響起一陣掌聲，台上的作家則頻頻鞠躬，好像很謙虛的樣子。

雖然那時你很想請教那位作家「怎麼寫？」的問題，但由於自卑和怯懦的心性使你一直不敢站起來說話。

九點半的時候，校工來說時間到了，門必須關了。你於是看到一位高高瘦瘦，蓄著長髮，戴眼鏡，像是文藝小說裡頭的男主角的男生上台致詞；這場演講就正式結束了。台下再次響起一陣掌聲，那個男主角恭送那位作家離開演講會場。

離開會場之前，你看其他十幾個人有人忙著收拾麥克風、講桌、錄音機和筆記本，有人在掃地，有人則把窗戶關好；你於是就幫著關窗戶。當你就要從教室的後門出去的時候，你正好碰上那個男主角。

「你好！」

「你好！」你本能地回答那個男主角的招呼。

「急著走嗎？」男主角說，「留下來，一起喝酒，聊聊？」

「……」

你不知爲什麼竟然順從地跟著那個男主角走向講台。

「社長，」你看到一個長頭髮的女孩子提著錄音機問說：「這錄音機要放在哪裡？」

「原來他是社長！」你想。

社長說：「看誰住宿舍的就先放在他那裡，明天再拿到社裡去好了。」

「好！」長頭髮的女孩很聽話，提著錄音機往女生宿舍走去。

「你什麼系的？」社長問你說：「喜歡文學嗎？以前好像不曾在學校看到你？」

「我想寫小說，」你先是避重就輕地回答；然後，憋不住了，你坦白地說：「我不是你們輔大的學生，我是重考生，還在南陽街補習，無意中進來聽你們辦的這場演講……你們這是什麼社團呢？」

「噢，大地文學社。」社長說。

這時，演講教室裡的一切都收拾好了，你們一起離開教室。有個女孩子走過來說：「社長，我先去打個電話，你們在哪裡喝酒？等一下我自己過去好了。」

社長想了一下，說：「到大學新村，刀削麵那一家好了，那家的泡菜醃得好……快一點哦。」

「你寫了多久？」社長然後又和你邊走邊聊，「有沒有發表？」

「沒有啦！」你不好意思，急切地說：「我只是想寫，還沒有開始！」

「你太客氣了！」

「眞的啦！社長，」你跟那些女孩子一樣稱呼他社長，「我考不上大學，沒有什麼自信啦！」

「我是尙初之，」社長說，「叫我的名字好了，不要叫什麼社長，太官僚了！……其實，寫小說並不一定非要念大學不可，有很多作家都是沒受過多少學校教育的。比如說，德國的赫塞……你讀過他的小說；還有俄國的高爾基……怎麼？沒讀過！中國的沈從文……也沒有讀過！沒關係，待會回家的時候，你跟我到我住的地方，我那邊有高爾基的《人間》和沈從文的《從文自傳》、《邊城》、《湘行散記》……，你借去看沒關係！等你看完他們的小說，你就會發覺，對一個寫小說的人來說生活的歷練比學校的教育還要實在。再說，台灣的大學教育完全不是那麼一回事的！等你上了大學你就知道了。」

「你現在住哪裡呢？」

「台大附近，」你說，「國防醫學院後面的貧民區。」

「租的？」

「租的！」

「一個月多少錢？」

「一千五。」你說，「你呢？」

「我一個人住在三重，靠近中興橋的貧民區，房租一個月一千二，不包括水電。」

你覺得自己遇到同好了，興奮地說：「你也住貧民區嗎？」

「是的！」他說：「住那邊，離學校不算遠，而且過了中興橋就到台北，不論是到電影圖書館看電影，或是到國父紀念館看表演也方便些！最主要的是住在雜亂吵鬧的陋巷裡可以讓自己不至於脫離現實生活太遠，生活圈子就只侷限在大學校園裡而已！」

「那你平常怎麼去上學呢？」

「騎腳踏車，」他說：「只要廿分鐘就到學校了。……你怎麼會跑來輔大呢？」

「我來新莊找姊姊拿生活費，」你說，「我姊姊就在你們學校旁邊的紡織工廠做工，我每個月來一次。」

「以後到新莊來，就到我們社團找我。」

這時，你們已經走到學生居住的所謂大學新村的巷子口了。回過頭，隔著在夜色裡陰暗著的一片稻田，你們可以看到約略兩百公尺外那家燈火通明正在加夜班的紡織工廠；在田裡的蟲鳴聲中，你們依稀可以聽見紡織工廠那邊傳來單調的機器聲。

「我們輔大的學生從來不去關心的！」尚初之好像在想什麼的樣子。

你不知道他那句話的意思，只好沉默地跟著他走向巷子裡頭。

「你們社團的人好像不太多？」你沒話找話說，「你們平常都在幹什麼呢？」

「其實，我們人也不少，只是大家來來去去的，難得聚在一起。平常，大家見面時就聊聊天，聊文學、藝術、電影、哲學、政治……等等，等等；總之，都是不太實際的清談。通常，誰要是談戀愛去了，那個人就會有好久一段時間不來了；等到他再回來時，不用問，大家都知道他一定是失戀了……。」

他停了一下，然後說：「現在的大學生活就是這樣啦！談不上有什麼值得嚮往的地方！不過，你當然是考上好的大學比較好！」

「你大幾了？」

「大三！」

「那你畢業以後打算做什麼？」

「寫小說？拍電影？教書？談戀愛？結婚？養小孩？老死……？反正，生活就是了。」他有點吊兒郎當地說，「到了，進去吧！喝酒比較實在啦。」

那夜，你就跟著他們那群寫詩、寫小說的文學青年放膽地喝酒，聽他們似懂非懂地談什麼「生命存在」、「荒謬困境」和「虛無的理想主義者」等等，等等。然後，你搭尚初之的腳踏車回中興橋頭的住處過夜；因爲醉酒的關係，你們在人車已稀的縱貫公路上摔倒了好幾次，午夜近兩點的時候，你們終於到「家」了。第二天早上十點左右，你拿了幾本尙初之借你的高爾基、沈從文和一些三十年代作家的小說回到自己的住處。

後來的一段日子，你每次到新莊找姊姊拿生活費時，你一定會到輔大的大地文學社找尙初之那群人聊天。

現在，下午兩點過卅五分了，你一面下筆寫你的第一篇小說——〈浪子回家〉——一面想像著你小說裡頭主角的形象；當然，你是以你所認識的尙初之作爲描寫的對象的。你不敢說你瞭解尙初之這個人，但是，最主要的是尙初之這個人引起你內心的一股衝動，想要去說一個廿世紀八十年代的浪子的故事。你以爲尙初之那個人是有點浪子的調調的。

我那虛妄的心於是一如寂寞的獵者不停地梭巡於有著貴族風味的大學校園裡追逐著一個又一個不同的女子耽溺於情慾一洩之後的快感然後忍受著因爲失戀而感到的幻滅、挫敗、不完滿的痛苦。

我想，這一切無非是一個年輕的男子因爲孤獨、陰暗、苦澀的童年記憶使他對於母性的愛有一種異於常人的渴求所產生的行爲，而這種行爲其實是他不敢面對現實的逃避心態吧！

上面這兩段的句子確定時，時間已是三點整了。你停下筆，喝了一口茶，站起來，繞著房裡的空間走了兩圈，再坐下來，看看自己這兩個鐘頭來的成果竟然還不到一千個字，你感到非常洩氣，對於自己是不是能寫小說產生莫大的懷疑！你把剛剛寫的那幾段句子再仔細地讀了一遍。現在，你對自己更加沒有信心了！你想，我的文字怎麼這樣拗口、不精練呢？我是不是對文字一點都不敏感呢？或者，根本的原因是我的思想太空泛、太貧乏了，自己要表達些什麼都不知道呢？這一連串的反問對一個只是偶爾拿起筆來寫寫自己的初戀之類風花雪月的人來說，通常都會使他在過過寫作的癮之後放下筆來，從此收手；但是，對你來說，除了寫作，你已經無路可出了！你自己清楚地知道，你考不上大學，你沒有在現實生活上圖個溫飽的技能；然而，你更確信的是，有一個神祕的聲音一直在召喚你，引領你走上這條千古以來一直有許許多多的人都在走的路。

你想，除了寫作，沒有什麼是值得我全心追求的了！但是，我究竟能不能寫呢？我的文字那麼拙劣！我的思想這樣空泛！請問古今中外的文豪巨匠們我該怎麼辦？爲什麼你們能成就的我卻不能呢？難道說你們是天生注定要成爲大師的嗎？不！我不服氣！我不相信我就寫不出可以不朽的經典之作！我現在才廿歲，我還年輕，因爲聯考的壓力我才沒有太多的時間讀書；但是等考完的時候，我會加倍用功來補回這段日子思想的空白的！而且，我還沒有生活過！將來，等聯考考完我一定會認眞生活，觀察、感受、思考……等等，等等的。所以，我一定要寫，一定要把這篇小說寫完，雖然我不能一鳴驚人；但是，我要給自己定下一個目標，我告訴自己一定要寫，而且要勇敢地投稿，退一次稿，退兩次，退三次……都沒關係！我要一直寫，寫到第五十篇小說寄出去還是被退回來時，我才會死心！才會在半夜醒來時小聲地安慰自己說：不要想太多了，你已經努力過了，好好睡吧！明天把媽媽的麵攤接收過來推到媽祖廟口的老榕樹下賣麵吧！存點錢，娶一個老婆，把自己未完成的壯志寄託在下一代的身上吧！是的，只有這樣，我才會死心的！

於是，掙扎到下午三點半的時候，你又提起筆來繼續寫那篇未完成的處女作。時間被一包香菸燒掉五個鐘頭的時候，你終於對自己說完了「浪子回家」的故事。現在是晚上八點廿二分了，你餓著肚子，一個字一個字地讀著自己已經定稿，但是不知道雜誌的編輯承不承認是小說的處女作——

雖然年少時在故鄉的生活是那樣蒼鬱那樣不堪回首致而在這歲末的寒冷季節裡我寧願

孤守著寂寥的宿舍不回家過年；但，平心地說，少年時候在故鄉山鎮我也曾經有過一段光彩傲耀對未來充滿著希望的歲月呀！

那時候，當我以著全校模範生的虛榮頭銜畢業於山鎮那所國小進入位於郊區的山丘上的那所新制的國中就學時，我那年少的心對於即將在眼前展開的未來生活確曾有著滿懷的自信而且是那樣光明沒有一點陰影的！

那時候，我那高我兩級的哥哥已然因爲特殊的運動天賦以及優秀的功課而在學校造就了他個人的風雲，於是，初進學校的我便因著天資上的一點聰慧所展露的某種才情很快地贏得了學校的師長和同學的愛護的心。

眞的！那時的我的確是有著生命裡最最感到驕傲但不落實的風光歲月的。

但是，後來卻因著我那英偉桀驁的哥哥突然地棄學出走所造成的家裡沉悶的氣氛使得我那尚嫌稚弱的心過早地認識了屬於我們那樣的家庭長大的孩子命定要承受要背負的不幸，因而在後來的歲月裡我那早熟的少年的心智便因此久久地陷入那青蒼的陰鬱死寂的泥沼中。

我記得，那是一個陽光熾熱的初夏的午後，下午第二堂課的下課鐘一響，我就很快地從三樓跑到一樓哥哥的班上去，因爲在下課前不久，我聽到窗外的尤加利樹上響起了今年第一聲的蟬鳴，我急著要告訴他說：「哥，我聽到蟬開始叫了！」我以爲這一次一定會是我先聽到的！從前，每一年的初夏都是哥哥他先聽到第一聲蟬鳴的！但是，我相信今年一定會是我先聽到的！因爲，再過幾個月哥哥他就要考高中了，他現在忙著準備功課，我想，他一定不會注意到今年的蟬鳴聲已經在今天下午開始響起來了！

但是，在窗外，我看到哥哥他站在講台下面激動地和他那老邁的國文老師爭辯著什麼！我不知道他們到底在爭論些什麼？但，我知道他們一個是脾氣固執思想僵化的老夫子，一個卻是衝動、直率而且坦白得容易得罪人的哥哥，我害怕他們這樣的爭辯會因爲情緒的激動變爲意氣之爭而使彼此都受到傷害！

「我要求你向我道歉！承認你剛剛的態度是沒有禮貌的！否則……否則我就讓訓導處來處理這件事！」

我看到哥哥頭也不回地離開教室跑向後山的相思樹林裡……

我的哥哥棄學出走了！

幾天之後，我看到訓導處的公布欄上貼出了我的哥哥被記過懲罰的公文，因爲態度傲慢和侮辱師長的言行，訓導會議通過給予我的哥哥兩次大過的處分。

但是，我那離家的哥哥卻再也沒有回到學校裡來！

那之後，有一段時日，學校裡的老師時常會向我表示，對這樣一位前途不可限量的學生的自甘墮落感到不解和痛惜，他們想要知道我那個性剛烈的哥哥棄學的究竟？然而，那時的我同樣無法理解我的哥哥的內心裡竟然隱藏著一顆自負又自卑、剛烈卻脆弱的複雜心思！

雖然，我的母親她卻始終沒有因爲這件事流露出什麼不安或憂慮的心！

我的母親！

自從我因鄰居同年玩伴偶爾無心的嘲笑裡知悉了母親她年輕歲月的滄桑之後，我便一直自慚於有著一個卑賤的女人爲母甚而長久以來我在心裡是根本否認了我有這個母親的！年輕時候習於放縱浮華的風月生活的我的母親是不會因爲我的哥哥的棄學出走感到憂傷的！我想，母親她必定慶幸著哥的棄學，哥的出走使得她的生活負擔減輕了！

現在，多年的歲月流逝了，歷經了更多的人世滄桑之後，在這個鞭炮四響、家家團圓的除夕的黃昏，我不回家卻寧願孤守著宿舍的寂寥咀嚼那冷硬乾澀的白饅頭來度過這即將來臨的歡欣的漫漫的大年夜。

雖然，對家的想念卻再也止不住了！

國三那年的夏天，我的生活因著將臨的高中聯考而忙碌緊張著。僅只爲了心的內裡那股遠離我那晦悶的家的強烈欲望激勵著我日夜不休地用功讀書，我盼望在秋天得以到北地城市的高中就讀，從此海闊天空，自由翱翔。

在一個渾圓的落日高掛西邊山頭的黃昏時分，我拿著一冊英文課本在巷口的老榕樹下高聲朗讀著，突然，一輛豪華標緻的汽車駛進那條髒亂雜鬧的巷子。

「哇！」遊戲的孩童們停下來，羨慕地叫著，「外國車吔！」

那些原本聚集著東家長西家短的婦女們都不約而同地安靜了，她們那種對財富欣羨的眼神隨著汽車的駛近而逐漸放大……車子終於停了。

「啊……林家老大！是林家老大！」

車門開了，一個年輕的男子走出車子，然後是一個細緻的女子。

「哥！」

「阿弟！」

「哥，是你嗎？」我的語氣因爲興奮而顫抖著，「眞的是你回來了嗎？」

「是的！我回來了……阿弟。」他拍拍我的肩，然後指著身旁的那位少女說：「這是你嫂嫂。」

「嫂嫂！」我生分地招呼她。

她笑著對我點點頭。

於是，我那離家兩年來一直杳無音息的哥哥終於「衣錦還鄉」了，而且帶回了一個童稚細瘦的女人——我的嫂嫂。

她是一個美麗心善的小女人。我後來才知道，她之所以歸屬於我那剛烈不馴的哥哥，是因爲在一場賭局的贏利之後，我的哥哥他把我那多年以來便因著家庭的赤貧而被迫操勞著卑賤營生的嫂嫂從雛妓生涯裡帶了出來的！我想，也正因爲她自幼便遭受了那麼多的痛苦，她於是對於受苦的人比常人更富有一顆悲憫同情的心。

在日常生活裡，對於情愛的渴望已然甦醒了的少年的我，常常在她注視著我那放縱墮落的哥哥的眼神裡，感受到一個女子對於一個男子所能有的最深最深的情意了。

然而，不久之後，我那淳樸寧靜的故鄉小鎮便因著我那墮落了的哥哥所帶回的都市的種種惡習而急速地混亂了……在我那沒有紅綠燈的山鎮的街道上於是有了咖啡廳、彈子房、地下賭場以及重新營業的酒家……等等感官刺激放縱的場所；山鎮的民風急遽地頹敗了。

我的哥哥以他的聰明、膽識、義氣以及昔日的名氣很快地在山鎮的黑社會有了絕大的勢力。

初秋時我終於因著負笈北地城市的中學而遠離了齷齪的故鄉小鎮。

對我來說，北地三年的高中生活是單調枯燥而無所謂快樂或不快樂可言的。因著空間的遠隔我得以暫時忘卻故鄉的陰鬱生活而努力用功地準備著大專聯考來完成自己對於未來的幸福生活的期許。

每個月初，我按例地到郵局支領我的嫂嫂匯寄來的生活費。雖然她經常會在信上說到酒後的哥哥對我是如何如何地思念，但我卻一直沒有回過家。

酒後的哥哥對我的思念？

是呀！曾經，曾經在我童稚的心中哥哥是如山一般的偉大高峻啊！而今，而今除卻不恥就是羞慚啊！哥哥。

在從前，每個黃昏，我的哥哥總是帶著童稚的我嬉耍於後山那片寬廣坡緩的牧草地上。我現在還記得，時不時地我那有著俊偉的面容的哥哥便靜靜地凝望著遠山接天處的火紅的落日而彷彿陷入沉思而來的憂愁之中，然後，他會站在高高的山頭上俯視沉浸於安詳的落日餘暉的山鎮。我記得，有一次，就在我望著他那專定地遙視著北方的遠山的眼神時，他突然以某種令我感到震懾的語氣對我說：

「阿弟！總有一天哥哥會長大成人的！那時候，我要到很遠很遠的山後的北地念大學……將來，我一定會出人頭地的！我們以後一定要成爲第一流的人物……你知道嗎？只因爲我們身上流著媽媽的卑賤的血液，我們於是承受了太多太多惡意的眼光、侮辱和歧視。從一出生，我們就命定了要承受所有這些惡意……除非我們將來能夠出人頭地，否則，在他們的眼中，我們這一輩子都只是一個妓女的小孩罷了……」

是的，我後來才知道，我的哥哥他從來沒有忘記他要出人頭地的心志，長久以來，他一直爲了達成心願而努力著；只是，當他面對整個世俗的鄙視時，我的哥哥無奈的灰心喪志了。他於是捨棄了循由踏實念書而出頭的正規途徑，他抉擇了叛逆的途徑。

「對我們來說，永遠不可磨滅的卑賤的血緣，使得任何向上的努力都只是枉然而已！」

我的哥哥曾經憤憤地對我說。

高三那年，四月初，春假假期的一個早晨，我那遠在故鄉的嫂嫂打了一通長途電話給我，說：「家裡出事了！」

我的哥哥在賭場的恩怨引起的糾紛之中失手殺死了一名賭客而被警方逮捕歸案。

因爲這場事件，我於是回到離別了將近三年的故鄉，整個假期，我都待在家裡安慰我的嫂嫂以及處理種種事情。每一天，我應對著所有上門尋仇找麻煩的人，我幫助嫂嫂清理繁瑣細碎的帳冊。到了黃昏時分，我爲了想要重拾孩童時候與我的哥哥曾經享有的快樂時光而一個人走向後山然後靜靜地坐在青綠的牧草地上看日落。天黑之時，當我從山上下來，我那細緻柔順的嫂嫂已然倚在門口等我好久了。

「小叔，飯菜都要涼了，快來吃吧！」她幽怨地說。

在燈光下，只有我和她沉默地吃飯；我不想提到我的哥哥，而她卻又不敢提到，然而我們除了哥哥之外又有什麼好聊的呢？

「阿媽呢？」爲了打破彼此的沉默，我於是問她。

回家幾天了，我卻一直沒有看到母親的身影。

「可能在竹林那邊吧？」她說。

吃過飯，我在山腳的竹林裡面一棟木造房屋裡見到有三年不見了的母親。

那時，我站在門口，在繚繞的煙霧中，我看到蹲坐在榻榻米上賭四色牌的母親，我雖然內心有股莫名的激動，但，我的臉上卻冷然地瞧著眼前的一切；後來，我的母親的眼神暫時離開賭局，抬起頭來，看到我了；我們彼此沒有表情的對望著。然後，我頭也不回地離開了木屋，走出竹林的小徑。

假期的最後一天，因爲對於童年的眷念，我不自覺地想要在家裡找到一些可以喚起曾經和哥哥共有的歡樂的小玩物，我想，即使是些玻璃彈珠、彈弓、棒球手套……等微不足道的東西都好，而爲了翻找兒時泛黃的照片，我於是在一堆散亂的雜誌、教科書和猥褻的色情畫報之中找到一本已然浸蝕了的屬於我的哥哥最風發的少年時候的日記。當我一頁一頁地讀著少年時候的哥哥內心掙扎的足跡之後，我才因此知道我的哥哥當年棄學的究竟！也因此，因爲哥哥的墮落放縱而感到不恥的我立刻轉而對我那已然入獄了的哥哥感到同情了。就像我的哥哥一樣，我對我那因著男女激亢的情慾宣洩而不由自主地誕生的生命以及因爲所謂的「社會階層」和所謂的「家族」而來的命定的不幸也就更加厭惡更加唾棄了。

在我的哥哥的日記上記載了他棄學出走那天的心情。

4・26　星期五

現在已經是我對未來必須有所決定的時刻了！

下午第二堂的國文課，我和國文老師發生衝突了！快下課的時候他站在講台上發上次模擬考試的考卷，就像以往一樣，他按照分數的高低一一地把我們叫到前面鼓勵或者訓斥一番，向來都最高分的我這次卻排在第五名，他於是以一個老者對後生鼓勵勸勉的語氣說：「這次怎麼退步了？」

「……」我低頭不語，我以為我的分數跟以往都差不多，只是其他同學考得比以往好，我才會退到第五名。

「是不是有什麼困難……？」

「不是！」我說，「沒有啦！老師。」

「沒有？如果沒有那就要好好用功啊！……聯考就要到了……禮拜天還看到你在公園裡跟女孩子約會！……」

「這個跟考試沒有關係的！」我厭煩他的關心。

「怎麼沒有關係？」他裝作緊張地說：「去年那一屆第一名畢業的男生就是因為談戀愛，影響情緒，才考不上第一志願的！」

「那是我個人的事！」我不耐煩地說：「不用你管！」

「什麼！你剛剛說什麼！」他的聲量提高了，我看到他的臉漲紅了，嘴唇不住地顫抖著說：「你這個學生怎麼這樣不知好歹？……對你好，你還用這種態度跟我說話！」

其實，我實在不應該對他這樣說話的！平心而論，他向來都很關心我的功課的！但是，現在的我並不願意再接受人家對我所表示的關心了！這些都是假的！

「你沒有必要對我好！」我冷冷地告訴他說：「你教你的書，我考我的試，考好考壞都是我自己的事，你不必多管閒事！」

「你說什麼？」他氣得全身發抖了，「你怎麼敢用這種態度跟我說話……我要求你向我道歉！承認你剛剛的態度是無禮的！否則……否則我就讓訓導處來處理這件事！」

我想，他不必再跟我來這套了，我突然聽到自己告訴自己說這是你豁出去的時候了！

於是，我懶得理他，頭也不回地離開教室，跑向後山的相思樹林裡。

從樹林裡的小徑我走到林子外的牧場，我在牛欄裡看牧場的長工清洗牛棚的糞便，然後便走到那片遼闊的牧草地，靜靜地躺了一個下午，我躺在那裡看一朵朵白雲在蔚藍的天空中流浪，多麼自在！多麼灑脫！

然而，我知道，我這一生永遠要背負著命定的卑賤，不得超脫！我知道，不管我再怎樣努力都要被世俗的眼光鄙視的！來自下流的注定要沉淪於下流，不能翻身！

我知道，像我這樣一個不知道自己的父親是誰的妓女的小孩永遠難以立足出頭於這個殘酷偽善的社會的！我的一切努力終究只是枉然！

我知道，在我們的社會，除非我有雄厚的財富我才能出人頭地，在那個時候，沒有人敢恥笑我出身的卑微的！畢竟，這是一個現實勢利的社會呀！

我躺在草地上想了又想，長久以來被自己壓抑的愁悶終於因為今天的刺激而找到出路了。現在，我想看看老先生會怎麼處理這件事？我想知道他究竟是真的關心我呢？還是我的考上好學校所能帶給他的微不足道的虛榮？而我知道，往後他會在課堂上對他的學生吹噓說：從前我上他的課是怎樣怎樣的……我想，他所要的只是人家對他好老師形象的肯定而已！但是，我想要知道的卻是人間的真相！

現在，我已經決定了，只要老先生真的記我過，我便立刻遠離這個小鎮！

我深深地體認到：我是永遠無法循由正途出頭的！即便此時的我是如此的風發激昂享有一切美好的讚譽，但，這一切都是假的！虛偽的！我知道，在所有人的心裡我再怎麼樣都只是一個妓女的小孩罷了！他們永遠都瞧不起我的！

當禮拜天她告訴我說她爸爸媽媽想邀我到她家玩的時候，我的心情就一直不安著。雖然我知道我和她都還小談不上將來的結局會怎樣。但是，我卻深刻地感受到了害怕失去的心情！而且，我可以事先想像到，在她家客廳，在素淨的氣氛中，她那作為小學校長的爸爸會問我說：

「你父親在做什麼事業？」

我知道，這句問話會使我內心的自卑加重到極點！這句話會讓我在往後不再真誠地對待人！這句話會逼我在努力成就我的事業時成為一個徹徹底底的虛偽的人！這句話會教我不敢對一個家世清白的女子表露愛情！……

但是，我究竟有什麼罪過呢？我的生命，我的家世是無可奈何地被賜予的呀！

我的父親？

我根本不知道自己是哪個男人情慾宣洩後的殘渣呀！

世上會有哪個家世清白的女子敢接受像我這樣的男子的愛情呢？

在我們這個社會，我的才智，我的好成績，我的一切令人嫉羨的外在榮耀必定要因為我命定的卑賤而不值！我將永遠忍受著世人的鄙視，在陰暗的歲月中煎熬著向上，但，永遠無法出頭！

可是，我不甘心呀！

捨棄！我要捨棄此刻的一切光彩，捨棄她的愛情，捨棄在這社會努力向上的心！我要遠離這狹隘的寂僻的小鎮，到繁華的城市闖天下，我要經由下流社會的負面途徑走向人上人的地位。

有一天，因著我雄厚的財富，我將享有名望，我將永棄這卑賤的身世。我知道，只要我有錢，我就可以有作為一個人該有的尊嚴；那時候，沒有人敢鄙視我……。

我闔上那冊日記本子，無言地在心裡飲泣著……

我那時才知道，命定的有著一個賣身的母親，以及對於愛情、財富、尊榮、生命的尊嚴……等等的渴望，原來就是這些內心的矛盾使得我那聰慧的哥哥墮落的原因呀！

然而，長久以來，這些矛盾不是也在我的內心糾結著嗎？

那個夜晚，沒有旅愁，沒有思戀，只是感到一股遠離山鎮的陰暗歲月的衝動，我踏上了疾疾北駛的夜快車。

車風呼呼地吹拂我紊亂的思緒，我靠在車門上，望著鐵軌道旁迅速消逝的景物，我幻想，幻想著過去的陰暗歲月，幻想著命定的身世悲哀也如此地消逝！消逝！……

……

那年七月，我終於如願地擠進大學的窄門。

雖然我的哥哥已然入獄服刑了，但他幾年來賭場的經營卻留給我那卑賤的家相當豐厚的積蓄，我的嫂嫂仍然按時地匯款給我。

然而，因爲對大學教育的失望，因爲思想的沒有出路，三年來，我就一直花費我那教我崇拜著、不恥著、同情著的哥哥所賺來的錢頹廢消沉地一天一天的廝混著……

夜更深了，大年夜喧鬧歡樂的氣氛更加濃烈了，我無聊地躺著，茫然地冥想著。

廣　告　回　信
台灣北區郵政
管理局登記證
北台字第15949號

235-62
台北縣中和市中正路800號13樓之3

印刻出版有限公司　收

讀者服務部

姓名：________________　性別：□男　□女

郵遞區號：__________

地址：________________________________

電話：（日）______________（夜）______________

傳真：________________

e-mail：________________________________

INK

INK PUBLISHING

讀者服務卡

您買的書是：________________________________

生日：________年________月________日

學歷：□國中　□高中　□大專　□研究所（含以上）

職業：□軍　□公　□教育　□商　□農

□服務業　□自由業　□學生　□家管

□製造業　□銷售員　□資訊業　□大衆傳播

□醫藥業　□交通業　□貿易業　□其他________________

購買的日期：________年________月________日

購書地點：□書店　□書展　□書報攤　□郵購　□直銷　□贈閱　□其他

您從那裡得知本書：□書店　□報紙　□雜誌　□網路　□親友介紹

□DM傳單　□廣播　□電視　□其他

您對本書的評價：（請填代號 1.非常滿意 2.滿意 3.普通 4.不滿意 5.非常不滿意）

內容______　封面設計______　版面設計______

讀完本書後您覺得：

1.□非常喜歡　2.□喜歡　3.□普通　4.□不喜歡　5.□非常不喜歡

您對於本書建議：

感謝您的惠顧，為了提供更好的服務，請填妥各欄資料，將讀者服務卡直接寄回或傳真本社，我們將隨時提供最新的出版、活動等相關訊息。

讀者服務專線：（02）2228-1626　讀者傳真專線：（02）2228-1598

我的消沉、我的頹廢一直是我夜夜自省的問題。

其實，我並不是沒有上進的心！我想，我的虛無，我之所以不停地追求著不同的女子，我之所以耽溺於醉酒後的幻象不能自拔；我想，這一切的一切無非是源於我那卑賤的母親的惡果！

曾經，我也如同我的哥哥一樣有過清純的、幸福的戀情啊！那時候，生命對我來說是多麼值得珍惜呀！

但是，因爲母親的低賤！因爲不清白的家世！

伊離開了……

母親，爲什麼呢！

我不回家！

我沒有家呀！……

我翻過身，俯臥在孤寂冰冷的木板床上，感覺到枕畔已然一片濕潤了。

——我不回家！我沒有家呀！……

我要流浪，我要走得遠遠的，我要到一個沒有人認識我的陌生的地方居住。在那裡，不會有人知道我的身世！在那裡，沒有人會用鄙視的眼光打量我！在那裡，我會娶妻生子，我將享有平靜的、安詳的家庭生活……

那時候，我的孩子會有一個清白的家世！他會知道他的爸爸是誰！他不會有一個賣身的母親！他會是被期待而孕育誕生的人！他不是情慾宣洩後的殘渣！

然後，我的孩子會在那陌生的異鄉長大成人，他會娶個他心所愛的女子爲妻，他們也會用他們的愛情孕育一個生命！那時候，他就可以帶領他的妻、子歸返故鄉！那時候，山鎮的人民不會知道他們的身世了！他們於是就在山鎮安家落户，不再流浪，不被歧視了。

那時候，幸福不再是奢求！那時候，生命將不再是命定的悲哀……。

對話

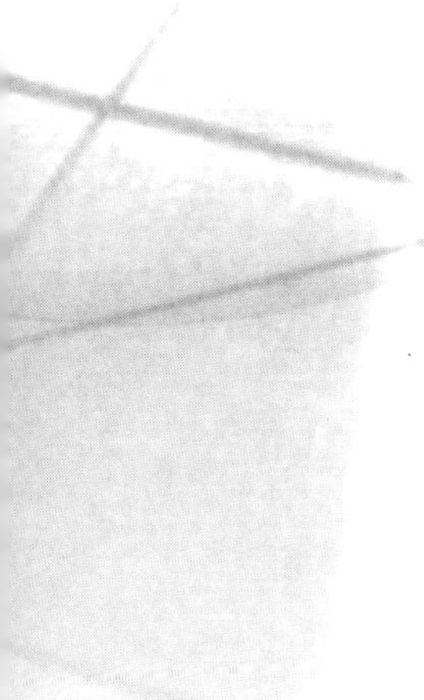

木造的樓梯響起了腳步聲，然後閣樓的紗門被推開了。他突然驚醒，從床上坐了起來。

「你那麼早就睡覺了？」

桌上那盞新亞牌愛眼日光燈的光亮映照出門口那個穿著某某高商校服的少女。她等到他下了床時才走進閣樓裡。

「幾點了？」他問她。

「快要九點了！」她看看手腕上的錶。

「你今天那麼早就放學了？」他說。

他的臉容仍然殘留著模糊的睡意，一面打著呵欠，一面走向洗手間。

「今天月考，」她說，「所以比較早回來！」

洗手間裡頭響起了水龍頭的流水聲，安靜了一下，然後是他潑水洗臉的聲音。

「考得好不好？」他說。

從洗手間出來，他又坐到書桌前的椅子上，於是他看到自己剛剛完成的小說處女作——〈浪子回家〉——安安靜靜地躺在書桌上，不哭也不鬧；但他還沒有取好作爲一個小說家的筆名。

「你怎麼那麼早就睡了！」她語氣溫柔地問他：「是不是生病了？」

她走近他，站在書桌的旁邊，她於是看到書桌上他剛剛生下來的小孩。

「這是什麼？」她問他。

「一疊稿紙啦！」他靦腆地說，然後問她：「你上樓來有事嗎？」

「我知道是稿紙啦！」她說：「我的意思是說你在寫什麼？」

「……」他像是個第一次懷孕的少婦跟自己的丈夫報喜似地怯怯說：「我剛剛寫完一篇小說……」

「寫小說？」

「是的！」他說，「你考試考得好不好？」

他拉了另外一把椅子，請她坐下來。

她說：「還可以啦！反正念夜校，以後不必跟人家考大學，讀不讀都一樣的！」

「像你們這樣不必考大學眞好！」

「才不呢！」她說：「現在這個社會不讀書就跟不上時代！白天上班，晚上念書，有什麼好？你現在準備考試雖然比較辛苦，可是等到你考上大學以後日子就多彩多姿了！每天都有什麼迎新舞會、郊遊、烤肉……等等的；現在苦一點又有什麼關係！」

「我不喜歡跳舞啦！」他說。

「那你可以談戀愛呀！」她說，「你說你在寫小說是不是？」

「是啦！」他說，聲音不大。

「哇！……眞不簡單吔！想不到我們家的房子是租給一個小說家……我從前也很喜歡看小說，你可不可以先借我看？」

「沒什麼好看啦！我才剛剛開始練習寫而已！」他說，「你平常喜歡看哪些作家的小說？」

「從前，」她說。她的眼皮抬起來，眼睛望著天花板。（天花板好像有幫助記憶不好的人想起過去的神能。）「從前念國中的時候我比較喜歡看瓊瑤、玄小佛、金杏枝……的小說。每天上學等公車的時候，我就站在書攤前面看一段，車來的時候，我就偷偷地在書頁上摺一個小角做記號，第二天又繼續看。你知道嗎？那個老闆好小氣噢！每次我在看書的時候他就冷冷地瞧著我，好像很不高興我白看他的書一樣！其實，他愈是這樣我就愈是不想跟他買書！所以，國中三年念完的時候，我已經免費地讀完瓊瑤到目前爲止所出版的所有作品了……你知道嗎？有時候我常常會想如果我年紀像她那麼大了還能對愛情存有那麼純純的夢的話，我也可以拿起筆來寫文藝愛情小說的！……你有沒有談過戀愛？」

「沒有！」他說。

他現在忽然覺得自己活到廿歲了卻還沒有跟女孩子談過戀愛，就像四、五歲的小孩還在吃奶嘴一樣是很丟臉的！

「那你呢？」他反問她。

去年，他北上時，她還在念國中三年級；短短的頭髮，稚稚的帶點雀斑的臉，看起來還是個小女孩。但，今年秋天再看到她時，他發現念商校夜間部的她已經有了濃郁的女人味了！他不知道這中間的神妙之處在哪？

她說：「暑假談了一次戀愛……可是，好像跟瓊瑤小說裡寫的愛情故事完全不一樣！……很失望！開學的時候就吹了！也沒有感到小說裡所寫的那種活不下去的痛苦……想一想，好像是沒有眞正談過戀愛似的！有點不甘心。」

「哦！……」他無意義地應聲說。

「可是，」她說：「可是，很奇怪的是，我後來就再也看不下瓊瑤的小說了！……好像自己已經不再單純，不再有夢了？」

「那你現在還看小說嗎？」

「比較少，」她說：「我現在比較喜歡讀席慕蓉的詩！每次，她的書一出版，我就會趕快到書局去買。你知道嗎？她的書現在好流行喲！我們班上的同學大家都在讀她的詩和散文呢！還有，現在金石堂書店的暢銷書排行榜，她的書也是排在前面。你看不看她的書呢？」

「看的！」他說：「不過，我現在正在存錢買遠景出版的那套【諾貝爾文學獎全集】，沒有多餘的錢買其他的書！可是，每天早上，當我一面喝牛奶，一面看報的時候，如果《聯合報》或《中國時報》的副刊上有她的作品發表的話，我也會讀的！通常，她寫的詩我都有把它讀完！散文就不一定了。因爲有的時候，文章太長了，要是我的牛奶喝完了，文章卻還沒看完的話，我只好把它擱在一邊，上補習班去了。」

她忽然氣急敗壞地說：「你怎麼不讀完再去上課呢？她的文章那麼美！那麼有靈氣！你怎麼可以不讀完呢？……像你這樣沒氣質的人還要跟人家寫什麼小說！」

「是啦！」他吊兒郎當，存心逗她，說：「我本來就沒氣質嘛！所以，我只好跟人家去寫小說！我發現，廿世紀的小說總是少不了……少不了「性」的描寫！還有就是人性的一切醜惡、自私、陰險……等等，一點都不美！你說，這有沒有靈氣？」

……

「你要不要喝茶？」

他站起來，裝水，插電，把茶葉放入自己的茶杯和另外一個茶杯，坐下來，等水開。

他問她說：「那你還喜歡誰的作品呢？」

「三毛！」

他覺得她說出那個名字時的神情就跟自己面對杜思妥也夫斯基、托爾斯泰和福克納……等等巨匠的名字時一樣有股說不出的崇拜、羨慕和心嚮往之的感動。

「你知道嗎？我好羨慕她喲！」她說：「我常常會想如果有一天我也能夠遇見一個像荷西那樣的男孩子，那時候，我就要跟他一起到撒哈拉沙漠流浪……你想想看，在那黃沙滾滾、萬里無人的大沙漠上，只有我和他，我們兩個人共騎在駱駝的背上走過沙地，走過綠洲，在曠野中放聲地合唱著：『不要問我從哪裡來，我的故鄉在……』你想想看，那不是比瓊瑤編的愛情故事更美，更浪漫嗎？」

「是的，」他說：「可是流浪好像也很苦的！……你剛剛那首歌叫什麼名字？」

「〈橄欖樹〉，怎麼？你連這首歌也沒聽過嗎？……李泰祥譜的曲，齊豫主唱，流行好久了！」

「聽是聽過啦！可是，這首歌不是聽說被新聞局禁唱了嗎？」

「管他的！他禁他的，大家還不是一直在唱……新聞局爲什麼要禁這首歌呢？」

「我也不知道。不過，聽說是這首歌的主題不太正確，怕大家唱了以後都跟你一樣想去流浪，那就沒有人留下來建設反共的堡壘台灣了。」

「水開了！」

「還沒有，」他看了一眼水壺，「我比較喜歡聽羅大佑的歌！你喜不喜歡？」

「我也喜歡！」她說：「可是他的歌也有很多被禁唱的，爲什麼？」

「好像是批判性太強吧？我也不知道！」

「水開了沒有？」

「再等一下，」他看看水壺冒氣的情形，然後說：「你還喜歡聽誰的歌？」

「蘇芮的！」她說：「你知道嗎？我去看電影《搭錯車》的時候，最後面不是劉瑞琪用蘇芮的聲音唱那首〈酒矸倘賣無〉嗎？那時候我就忍不住地在戲院裡哭了出來。好可憐喲！」

「誰？」

「孫越呀！」

「他才不可憐！他一定可以因爲這部片子得到金馬獎的最佳男主角。」他說：「可憐的是那些跟啞叔一樣從大陸過來的老兵，他們從小離家，一輩子都奉獻給國家了！像那個搶銀行的李師科也是一個老芋仔！……你會不會唱〈酒矸倘賣無〉？唱給我聽好不好？」

「我還不會唱！」她說：「水這次眞的開了。」

他站起來，拔掉插頭，把開水沖入茶杯裡，再坐下來。

「隨便唱一段來聽聽嘛！」他鼓勵她。

「我還不熟啦！」她說：「這首歌也被禁掉了，所以歌詞記不起來！你知道它爲什麼被禁嗎？」

「噢！」他想了一下，說：「大概因爲這是侯德健的作品吧？」

「爲什麼？」她不懂，「〈龍的傳人〉不也是他寫的曲子嗎？爲什麼全省各地都流行這首歌？」

「那是以前！」他說：「你現在還聽到有人在公共場所唱這首歌嗎？」

「沒有！」她想了一下，說：「爲什麼？」

他掀起茶杯蓋子，喝了一口茶，然後說：「因爲侯德健去大陸了！」

「噢！」她驚嘆一聲，同樣地掀起茶杯蓋子，喝口茶，然後問他：「他爲什麼要去大陸？」

「我又不是他，我怎麼會知道？不過，我想他大概是要親自去看看黃河水跟長江水有沒有比基隆河跟淡水河污染得更厲害吧？」

「好了啦！人家跟你說正經的，你不要跟我開玩笑了啦！……那他人去大陸跟我們唱他的歌又有什麼關係？」

「那還用問嗎?」他說:「你不是在台灣出生的嗎?」

「你什麼意思?」

「這種事你還不知道啊?」

「噢!……」她好像懂了;但,搖搖頭又說:「可是,我還是不懂!」

她掀開茶杯蓋子,連續地喝了兩口,然後說:「你這茶葉是烏龍嗎?」

「是啊!」他說:「你喝得出來呀?」

「你不是沒錢了嗎?還有錢買這麼貴的茶葉?……我媽叫我上來問你房租什麼時候給她呢?」

「我知道啦!她早上上來過了,我跟她說晚上給她的!……現在幾點了?」

「九點廿七分了。」她看看錶,「你還要出去嗎?」

「我要到新莊跟姊姊拿錢繳房租呀!」

「都那麼晚了,」她說:「明天再去好了。我媽就是這樣小氣!早幾天給也是給,晚幾天給也是給,有什麼好催的。」

「沒關係啦!」他說:「我說過晚上要給她送去的。而且,我本來就想到新莊的。我想順便去找一個輔大的朋友,把我寫的小說給他看看。」

「噢！」她說，順手拿起小說的第一頁，喃喃地念著：「浪子回家……，咦！你怎麼沒有像其他人一樣取個筆名呢？」

「我還沒有想出來嘛！」

「慢慢想啦！」她並沒有認眞在讀他的小說，很快地就把他從構思到完成大約花了有一年的作品「讀」完了，然後說：「取名字要愼重一點，就像替剛出生的小孩取名字一樣，一定要考慮到筆畫、忌諱……等等！」

「其實，內容、思想比較重要啦！」他說。

當然，他並沒有否認名字的重要性；否則，他就不會到現在還沒想出一個令他自己滿意的名字。

「那你這篇〈浪子回家〉是在說些什麼呢？」

「是說一個浪子跟他哥哥之間的感情。他們因爲有一個年輕時候是妓女的母親而感到自卑。」

「你也在寫妓女呀！現在好流行喲！我前不久才跟同學一起去看電影《看海的日子》，好感動！好感動喔！」

「那你有沒有看過黃春明的小說原著？」

「沒有！」

「我覺得電影有點糟蹋了小說。」他說：「你應該到書店買本黃春明的小說讀讀看。」

「我覺得陸小芬演得還不錯！」她說：「可是我覺得她沒有比林青霞漂亮！」

「可是她的身材比林青霞好！」

他這句話才到口邊便自覺不妥而很快地嚥下去，他以爲對妓女的身體加以品評是自己人格情操上的低劣，於是改口說：

「妓女當然沒有比夢一般的愛情故事的女主角漂亮呀！」

兩人沉默了一陣，市聲隱隱約約地傳來；他喝了一口茶。

她說：「你今天晚上一定要到新莊嗎？」

「是的！」他說：「現在幾分了？」

「九點快要卅五分了！」她說，「你改天再去好了！」

「不行！我跟你媽說過晚上會把房租送去給她的。」

他打開抽屜，翻了翻，卻找不到他要的東西。

「你在找什麼？」她問他。

「釘書機！」

「我下樓去拿我的借你用。」

「不必了，」他站起來，「我馬上就要走了。」

他把那疊稿紙弄整齊，放進一個牛皮紙袋；然後走向衣櫥，一面問她：

「你想白梅的孩子長大以後會不會有希望？」

「爲什麼不會呢？」她說，「只要他肯努力上進！」

「如果他是你的男朋友，我的意思是說很要好的那種，你會不會嫁給他？他有正當的職業，大學畢業，但是——但是他媽媽曾經是個妓女！他也不知道他父親是誰？就像莎士比亞說過的一句話，莎士比亞你知道是誰吧？——對！就是寫《羅蜜歐與茱麗葉》的那個英國人。他說：『我們都是私生子，而我會叫他——父親——的那最可尊敬的人，我卻不知道他在哪兒？當我成形的時候。』——你說你會不會嫁給他呢？」

「我不知道。」她說。

她看他已經穿好夾克了，於是問他：

「你晚上不回來睡了？」

「不一定！」他說。

他摸摸褲袋裡僅存的財產——一個十塊錢銅板和一張剩下兩格的公車票，心算著：來回新莊一趟的話，公車票剛好用完，但是從中華路南站搭三重客運到輔大要八塊錢，這樣，下車時身上就只剩下兩塊錢了；萬一姊姊要是不在工廠的話，不就回不來了嗎？他想，姊姊雖然不可能不在廠裡，但還是小心一點好。他於是對她說：

「你身上有沒有錢？先借我五十，回來再還你！」

她立刻掏給他一張五十塊錢的紙鈔，然後說：

「你怎麼不去參加聯合報小說獎或時報文學獎？萬一要得了獎，不但有獎金可領，而且又可以大出風頭！」

「我並不是爲了得獎才寫小說的！」他有點自負。

這時，他從床下拿出他那雙球鞋，先把右腳穿好襪子，然後才穿左腳。（當然，他不是因爲穿了鞋襪才要出門，他是因爲要出門才穿鞋穿襪的！這一點，他還很清楚地意識到。）

「我看你是沒有那個能耐吧！」她故意譏諷他，「要不然，你就把你這篇什麼〈浪子回家〉寄出去跟人家比比看！看看自己有沒有辦法得獎？……你看看人家那個叫做黃凡的人，一年到頭都在得獎！所以，他不必工作，可以安心地看書，寫作，冷眼看我們這個城市的人在生活中出洋相……像你這樣，連吃飯錢、房租錢、車錢都沒有的人，還有時間跟人家寫什麼小說嗎？」

「他會知道我是誰的！」

「誰？」

「黃凡！」他說。

現在，他兩隻腳已經穿上襪子和球鞋了，他把鬆開的鞋帶重新繫緊，跺一跺腳，覺得鬆緊適宜了。然後他的右手拿起茶杯，喝口茶，再放下茶杯，對她說：

「得獎並不能代表什麼！你知道嗎？英國有個小說家叫做葛林的，他已經快八十歲了……什麼？你不知道這個人？他的英文名字是Graham Greene，G-r-a-h-a-m G-r-e-e-n-e啦！台北有他兩本小說的中譯本，一本是遠景出版的《權力與榮耀》，另外一本是新潮文庫的《事情的眞相》；下次你抽空到書店買來看看。你知道嗎？他已經連續好幾年被提名角逐諾貝爾文學獎了。每一年，人家都認爲他應該得獎了，但每年他都落選。記者於是就訪問他說：『葛林先生你今年再度落選了有沒有什麼話要說呢？』葛林就說：『我並不感到失望！因爲我期待著另一個更大的獎！』『什麼獎？』記者覺得奇怪，對一個寫作者有什麼獎比諾貝爾文學獎還要大呢？葛林笑了笑，然後說：『死亡！』……你怕不怕死呢？」

「我不知道！」她說。

她看著他走出房門；她跟在他的後頭走過閣樓狹窄的過道，然後走下樓梯。

「將來我會讓你知道的！」他說，「告訴你媽媽我今天一定會把房租給她的！」

她看著他的背影很快地在巷子的冬夜中消逝了。但是她不知道死是什麼？她也不知道他將來會如何讓她知道？她一回到店裡，坐在櫃檯後面的她媽媽就問她他的房租給了沒有？

她說：「還沒！」

她媽媽不屑地說：「我早就知道的……」

但，她馬上替他辯解說：「他說今天晚上一定會給你的！他現在到新莊找他姊姊去了……。」

往事之三

在草地上

小時候，我的姊姊常常帶我到草地上放風箏。

我家門前有條小溪圳，圳溝上搭架著一座木橋，木橋通往國小的大操場；後面有山坡，山坡上面鋪滿了綠草地，綠草地上有許多野花，而且有農家的牛在那裡吃草。

每次，當季節性的山風吹起時，在操場和山坡草地的天空中便會飛翔著形形色色的風箏。這時，我的姊姊便會帶著我爬過屋後的山坡，到山上的竹林裡覓砍一些竹枝，拿回家，然後把它削成兩根細細長長的竹片，用來紮風箏的骨架。姊姊告訴我說，其中一根是垂直的主軸，它就像我們人身體的脊椎骨一樣，支撐著風箏的身體；另外一根當作翅翼的，姊姊說要把它稍稍彎成一個弧度，它就像我們的雙手一樣，伸展開來，爲的是保持身體的平衡。然後，姊姊就把垂直的主軸黏貼在預先裁剪好的菱形的舊報紙上；我則壓著還沒有固定好的翅膀的骨架，不讓它滑動，等姊姊用小方塊的紙把它黏牢。再來，貼上兩翼的翅膀，拖著兩條長長的尾巴，我們的風箏就可以在坡草地的天空上飛翔起來了。

在草地上，我和姊姊躺臥著輪流操縱在天空中迎風飛揚的風箏；姊姊教我如何放線、拉線和收線來維持風箏的高度和平衡。有時候，姊姊會隨手把身邊的舊報紙撕成一個個中空的小圈圈，然後把它們一一地套入線捲中，讓它們緊沿著絲線緩緩地爬到天上去跟風箏相會。

我們總是流連到天快要黑的時候才回家。

因此，在後來的日子，每當我想念姊姊的時候，我自然地就在思憶裡浮起在屋後山坡的草地上放風箏的印象。

但是，我對姊姊確切存有的印象卻是相當奇怪的經驗。現在，儘管我再怎樣努力去回想我的童年的生活情景，我想，我頂多也只能模模糊糊地記得六歲那年之後的事了！在那之前，我是無論如何也追憶不起來了。而我記得，第一次意識到姊姊這個人的存在是在我小學一年級的時候。

有一天，我記得，那個禮拜我們一年級上下午班。

我吃過媽媽幫我做的蛋炒飯，走過橫跨在我家門前溪圳上的木橋，然後走在陽光下空曠的大操場的沙地上，上學去。在操場的盡頭處，我走上一道十級的階梯，然後穿越長長的走廊，我終於到了校園最深處的那棟低年級的教室；教室前面的空地上植著一排間隔排列的木麻黃。

我走進教室，走到第八排最後一個靠角落的位子。然後，我就把我的黃書包掛在桌上；但是，那個讀上午班、坐在和我同一個位子的二年級生，他還沒有收拾好他放在桌上的書本，他於是就不高興地推了我一把，並且把我的書包甩在地上。我的身體雖然瘦弱，但我的心志卻不能忍受這種羞辱，我立刻動手和他扭打成一團；在教室的水泥地上我們翻滾、摔跤著，整齊的桌椅被撞歪了，同學們圍成一團看熱鬧似地喊：加油！喊：打！然而，我現在才發覺，我似乎從小就命定著要承受因爲卑微弱小而來的侮辱壓迫！我後來就不支了，乘機奔出教室；但，他很快地趕了過來，把我推倒在泥地上，扳起我的手，使我俯臥著，吃了一口的泥；而他卻坐在我的腰背上，大聲地斥喝著說：

「還敢不敢？」

「……」

「還敢不敢？」

他使力扭我的手。

我雖然痛得難受卻倔強地不吭一聲。他於是又再扭我……一直到圍觀的同學嚷嚷說：「導護來了！」他才放開我，逃走了。

我羞愧地爬起來，吐了幾口嘴巴裡含泥的口水，擦擦嘴；然後，抬起頭。

我就是在這個時候看到姊姊的！一直到現在，這還是我對姊姊所有的第一次印象；彷彿在這之前，姊姊她並不存在於我的生命中！

我看到留著兩條長長的辮子的姊姊站在我的面前靜靜地凝視著我。

「跟人打架了是嗎？」

「是他先欺負我的！」我看到姊姊的衣袖上環掛的紅底白條紋的臂章。

「他把我的書包甩到地上！」我憤憤地向姊姊訴說。

她從口袋裡掏出一方潔淨的手帖，把我臉上、嘴角上的污泥擦乾淨；說，「以後不要再跟人家打架了，好嗎？大家都是好同學，沒有人會存心欺負人的！你要對人好，好嗎？」

然後，姊姊跟身旁的另外一個導護把教室的秩序維持安定之後又繼續巡看學校裡其他年級的午休情形。

我站在教室的門口，望著姊姊她那晃蕩著兩條辮子的身影在長廊另一端的盡頭處消逝了時才走進教室。就是在那時，我才第一次意識到姊姊的存在。

那年，姊姊已經是六年生了；她馬上就要考初中了。那時候，我的姊姊的同學常常會到我們家來一起溫習功課；她那些同學的家境都很富裕。我現在還記得，在我們家的餐桌上擺放著她們漂亮精巧、溢發香氣的鉛筆盒的樣式；當然，那些都是帶有磁鐵的鉛筆盒。而姊姊的鉛筆盒不過是個長匣狀的塑膠盒罷了！這點，對小時候的我來說，多多少少已經敏感到存在於人世間的貧富差距與不平等了。但，說實在的，那時的我卻總是盼望著她們的到來；因爲她們每次來都會給我買糖吃。後來，姊姊因爲意外受傷在家休養一段日子。那時，她的同學都在每天放學時輪流到我們家探問姊姊。那一陣子，我總是有吃不完的零食和水果；那時候，我想我似乎過得非常快樂而滿足。

姊姊是在國小操場東北角的鳳凰樹下走過時被石頭丟傷的。

在我們的國小，從山上流下來的溪水環繞著操場四周的圳溝流往大河。在圳溝的兩岸，每隔十幾公尺便植有一棵鳳凰樹。夏天，六、七月的時候，火紅的鳳凰花便會在熱鬧的蟬鳴聲中開滿一樹；然而，時間會流逝，花會凋萎謝落。我然後便跟著鄰居家的小朋友在鳳凰樹下的泥地上撿拾掉落了的鳳凰花瓣。在家裡，姊姊會教我如何用那些花瓣和花鬚黏製成一隻隻美麗的花蝴蝶。之後，那些豔麗的花蝴蝶便被我夾在書頁之中，永久保存起來。這樣，在許多年之後，我往往會不經意地在褪舊發黃的書頁裡再次地看到已然乾枯多時的那些花蝴蝶；而童年的情景因此又會回到我腦中的記憶裡，彷彿時光未曾消逝似的。

在我們國小的操場上，並不是只有鳳凰樹而已。我們的國小是鎮上歷史最久遠的一所小學，遠在日據時代的中期就已經設立了；也就是說，那時候，它已經創校有五十多年了。因此，除了鳳凰樹之外，在操場的四周還植種了茂密的木麻黃、尤加利樹和苦楝樹……等等。

在秋天，苦楝樹的葉子便會漸漸地掉落，一天一天地在秋風的掃掠下掉落，掉到枝枒全然光禿的時候，冬天就會到來然後逐漸遠離；一直要到來年的春天，光禿的枝枒才又會在雨水之後茁生嫩綠的新葉。對我來說，苦楝樹存在的意義就在它那橄欖狀的堅硬毬果了；當然，那並不是可以吃的水果！我也不知道它開不開花？似乎在印象中苦楝樹並不開花的！我只記得，那些小毬果會在秋天以後發黃、乾癟，並且掉落。我經常爬上樹採集那些小毬果，用來和鄰居的童伴玩打彈弓的戰爭遊戲。

在颱風季節，那些枝幹高聳向天、綠葉茂密的尤加利樹總是難逃被腰砍的命運；因為住在圳溝對岸的居民擔心狂風吹斷的樹幹會壓壞紅瓦的屋頂。那時，姊姊便會領著我在凌亂一地的樹堆中撿拾樹枝，拿回家當柴火燒。記得，姊姊曾經教我把那些乾黃的尤加利花的花殼，用線串成一條金黃的項鍊。

「哇！好漂亮哦！」我為姊姊的手藝讚嘆說。

「我也要做一條項鍊送給你！」我對姊姊說。

「不了！」姊姊說：「阿弟做的項鍊要留起來以後送給你喜歡的女子！」

「我喜歡姊姊！」

「你以後會喜歡別的女生的！」姊姊說。

「才不會！」我說，「我只喜歡姊姊你！」

「別傻了！」姊姊說。

她把那串項鍊掛在我的頸脖上，笑著說：「阿弟真好看！」

我羞臊地取下項鍊，同時，滿懷情意地要求姊姊彎腰、低頭，讓我把那串項鍊掛在姊姊細緻的頸項上；我於是就在那時驚見姊姊頸背上的少女的毫髮；纖細的、柔順的，使我有著難以言詮的愛戀之心。

「姊姊眞好看！」我說，「像新娘子一樣。」

姊姊和我一樣，因爲別人的讚美而臉紅了，她說：

「等阿弟長大了，會娶個最美、最好看的新娘子的！」

「不要！」我說，「沒有人比得上姊姊！」

「阿弟又在說傻話了！」姊姊笑著說，「每個新娘子都是最漂亮的女生的！」

「那你以後也會當人家的新娘子嗎？」

「是呀！」姊姊說，「我們長大時都會碰到一個自己喜歡的人，然後一起生活一輩子的！」

「我要跟姊姊一起生活一輩子！」

「不要再說傻話了，阿弟！」姊姊說，「回去吧！」

她於是抱起地上捆成一束的樹枝，朝家裡走去；我跟在她的後面，注視著她的背影走著。

那時候，山鎮的一般家庭都已經裝設了天然瓦斯的輸送管；但我們家那一帶的地方卻因爲窮而還沒有裝設。因此，巷子裡的男人家總要設法取材，以減低燃料的開銷。於是，我們家那一帶的住民還必須經常地到後山的相思樹林裡撿柴；撿柴的工作是由婦人家和我們小孩子來做的，我於是常跟著媽媽、姊姊和鄰人們一起上山撿柴。每一次，下山的時候，媽媽都在左、右肩上扛了各一大捆的樹枝；姊姊則扛了一捆而已；而我就把撿好的樹枝捆綁成一小把拖下山去。

這已經是上國小之前的事了。

國小一年級的下學期，石油公司的天然氣就要輸送到我們家所在的那條巷子了。那一段時日，我幾乎整天都待在圳溝的木橋上；我坐在橋上，看著那些戴著黃色膠盔，身穿藍灰色操作服的工人工作。他們從巷子口開始施工；沿著圳溝，他們在岸邊的巷路上挖深溝壕，埋設送往每家每戶的瓦斯管；他們在每家門前的廊簷下裝置瓦斯錶……。

就在這段時日的某天下午，我現在還記得，鄰居的一個小朋友從大操場東北角那個方向大聲嚷嚷地跑來，告訴我說：「你姊姊被人家用石頭丟到，流了好多好多的血！」

在姊姊出事的那棵鳳凰樹下，圍了好多看熱鬧的小朋友。我走進人群之中，於是看到躺在地上昏迷不醒的姊姊；她的臉色蒼白著，頭髮浸在一攤紅色的血中。有個胖胖的中年人在給她止血，然後送到醫院去。在人群散去的泥地上，我找到了那顆沾著血跡的石塊；我於是把它放入口袋裡，趕往醫院去。

幾天後，那個用石塊丟傷姊姊的人被我找出來了；他和姊姊一樣是個快要畢業的六年級生。

「你爲什麼要用石頭丟我姊姊？」

我把口袋裡那顆沾血的石頭掏出來給他看，氣憤地質問他說。

「對不起啦！」他面有慚色地說：「我不是故意的！我在丟鳳凰樹上的關刀時她剛好從樹下走過，我沒有注意才會不小心丟到她的。對不起……。」

「關刀」，其實就是鳳凰樹上的莢果。在冬天，那原本青綠的萊果會變得又乾又硬；因爲它的形狀就像把彎刀似的，我們就說它是「關刀」——意思是說關公耍的那把青龍偃月刀。我們通常會用長長的竹竿折取下來，作爲玩「殺刀遊戲」的武器；但，沒有人會笨得想用石頭把那些「關刀」打下來的！而且，我現在已經記不起來，那時候的樹上是否還有「關刀」？我只記得，躺在泥地上的姊姊，她那一張蒼白著的臉。

姊姊受傷的額頭痊癒了時，她也快要畢業了。這時，我發覺那個給姊姊止血、送醫院的胖胖的中年人經常來我家找我媽媽說些什麼。我記得，每次都是在黃昏的時候，坐在圳溝上的木橋的我會看到那個胖胖的中年人；我看到他騎著一輛老式的腳踏車，從巷口緩緩前進。這時候，我便很快地跑回家去，跑到廚房，告訴媽媽：

「那個大胖子又要來我們家了！」

「去！」媽媽立刻嚴厲地指責我，「小孩子不要亂講話，他是你姊姊的老師呢！一點禮貌都不懂。」

姊姊畢了業，考上了女中之後，她那個大胖子老師便更加頻繁地到我們家來。每一次，我都躲在門帘後面偷偷地瞧著他和媽媽熱烈地談論什麼的情景；我看到姊姊她總是靜默不語地陪侍在媽媽的身旁。

「他來我們家做什麼？」

每次，那個大胖子走了之後，我總是好奇地問媽媽。但，媽媽卻很不高興地說：

「小孩子有耳無嘴，問那麼多幹什麼？」

那陣子，我時常會聽到媽媽自言自語地說：「女孩子念那麼多書幹什麼？也不想想家裡有沒有錢！」

有時候，我又會聽到媽媽在忙著的時候，突然停下手上的操勞，以一種自責的語氣喃喃地說：「要是她爸爸不死得那麼早，她也一樣可以念初中，以後上大學的……」

於是，我又會跑去問姊姊：「你的老師到底來我們家幹什麼？」

怎知，向來堅強的姊姊，被我一問，卻不知怎麼回事地流下淚來，一句話也不說。

後來，姊姊的老師就不再來我們家了。很快地，我也就忘了有這麼一件事。一直到有天黃昏，姊姊突然問起我來時，我才又記起了這件事。

那是暑假快結束的一天黃昏，姊姊一時興起便帶我到後山的草地上放風箏。一如往常，我們把風箏放高了起來時便優閒地躺臥在草地上，看雲，看黃昏的彩霞，看在天空中自在地翱翔的風箏。

「喜歡放風箏嗎？」

「喜歡！」我說。

「以後還來嗎？」

「還來！」

「如果姊姊不來呢？」

「不！我要你一起來。」

「姊姊要是不能來呢？」

「那我也不來！」

「爲什麼不呢？你不是喜歡放風箏的嗎？」

「是喜歡呀！」我說，「可是，我要姊姊一起來。」

「但是，姊姊不能陪你來了！」

「爲什麼？」

我仍然專注地收放著線，使風箏避開在黃昏的天空中飛翔的鴿子。

「阿弟，」姊姊問我說：「你還記不記得來我們家的老師？」

「記得，」我說，「當然記得！」

「你知道他來我們家做什麼嗎？」

「我不知道！」我生氣了，「那時候，我問媽媽，媽媽卻不讓我知道！還罵了我。問你，你也不說，只是一直在哭！」

「我沒有！」姊姊申辯說，「我沒有哭。」

「我看到你流淚了。」我強調說。

這時，在空中的風箏突然失去平穩，不住地繞著圈圈打轉；我雖然收收放放地拉扯線捲，卻一直無法把風箏穩下來。

「我來。」姊姊說。

我把線捲交給姊姊。姊姊先放了一段線，再慢慢地向左扯一扯，向右拉一拉，風箏很快又在空中平穩地飛翔了。

「老師來我們家，」姊姊把線捲再交給我來控制，「爲了要說服媽媽，讓我讀女中。老師說，我的功課很好，他會替我申請獎學金，給我念完女中。他說，只要我以後考上師專就有公費念到畢業的！老師還一直跟媽媽強調說，我一定考得上師專的！」

「媽媽怎麼說呢？」

「媽媽很矛盾！」姊姊說，「我知道她當然希望我們兩個都能接受良好的教育！她自己不識字，她當然知道書讀得少的苦處。但是，媽媽每天賣麵那麼辛苦，我應該替她分擔的！」

「我可以去賺錢給你讀書！」

「阿弟，你又在說傻話了。」姊姊笑著說，「只要你以後用功念書，姊姊一定會供你念大學的！」

「那你呢？」

「我？」姊姊沉默著，然後說，「明天我就要跟隔壁的林姊姊上台北，到工廠做工了。」

「不要！」我難過地說，「你如果不在就沒人陪我放風箏了。」

「又在說傻話了！姊姊要去賺錢，沒時間陪你玩了。」

「那我再也不要放風箏了。」

「爲什麼不呢?你不是喜歡放風箏嗎?」姊姊說,「你可以和鄰居家的小朋友一起來呀!」

「我才不要!」

天色然後在遠方的樹林那邊漸漸地暗過草地這邊來。

「收了吧!阿弟。」姊姊說,「天都黑了。」

我看看姊姊憂傷的眼神,搖搖頭,說:「還收它幹嘛!」

我於是故意把線拉斷,讓風箏在就要完全暗下來的天空中緩緩地飄到遠方;在草地上,我和姊姊靜靜地目送著遠颺的風箏消逝於目力所及之處,才走回家。

那天以後,我沒有再放過風箏。

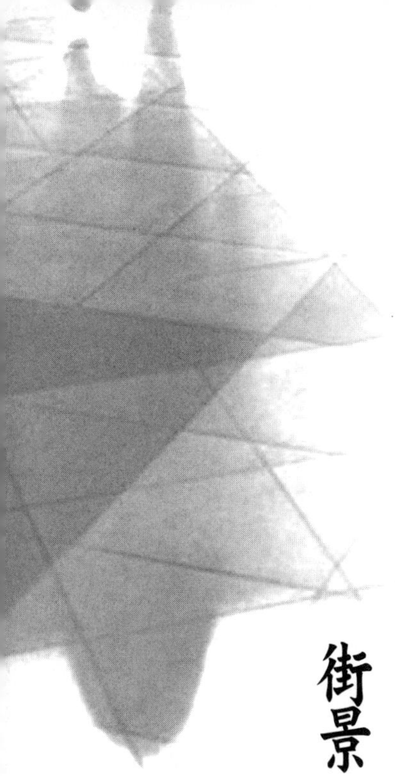

街景

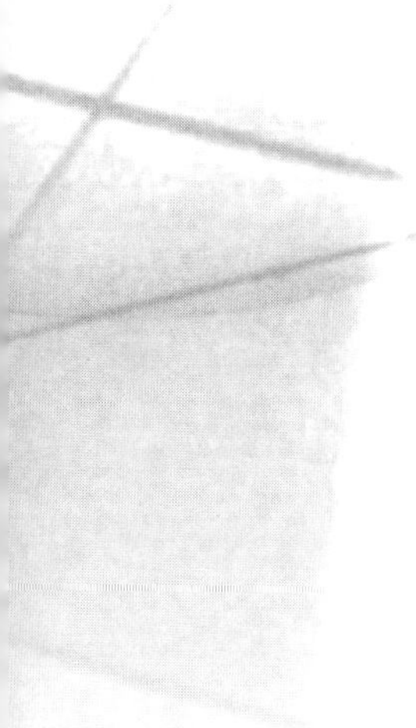

你離開閣樓的時候已經是晚上九點四十五分再過幾秒了，然後你一級一級小心地走下那道木梯，你當然聽到那個房東太太的女兒緊跟在你的身後走下樓梯的木板震動聲，你推開門，讓自己的腳步隨著這貧民區彎彎曲曲狹窄黝暗的巷子走到永春街，然後你謹愼地躲過奔馳於汀州路上的汽車、公車和機車，從耕莘文教院後面的那條巷子走出來，羅斯福路和辛亥路交叉口的交通號誌正好是你可以通行的綠燈，於是，你一面警覺地觀察閃躲不守交通規則闖紅燈的機車，一面快快地小跑穿越羅斯福路，現在你已經平安地在〇南的站牌下等車了，因爲車子沒有馬上來，所以你就等得有點不耐煩，於是，你告訴自己：必須想些什麼人或什麼事來排遣這等車的無聊！好，你說，那我就看女孩子好了！因爲夜已經晚了，所以現在並沒有多少人在等車，你看到一個戴著鏡片很厚的眼鏡的中學女生倚著站牌抬頭望著在冬天的夜晚非常台北的今晚的天空，你從側面看到她鏡片的光環像同心圓似的一圈一圈地循環刻鏤著，你看到她背著書包穿著黑色系列的冬季的校服，因爲你看不清楚她制服上面繡的校名，所以你不知道她是哪個女中的學生？你後來就不看她了！因爲你不看那個中學女生了，所以你就看到一個老頭子和一個老太婆一起站在光禿禿的木棉樹下發愣，你看到那個老頭子偶爾會抬起頭來看看在冬天的夜晚非常台北的今晚的天空，然後你看到那個老太婆也緊跟著抬起頭看看在冬天的夜晚非常台北的今晚的天空，老頭子仰望的頭低下來了，老太婆仰望的頭也接著低下來了，現在，在冬天的夜晚非常台北的今晚的天空只有你一個人在看了，是的，天空非常台北！雖然你並不知道這句話可不可以入詩但你現在卻看到在很現代詩的天空中急促地掠過一顆藍色的流星然後消逝在遠處一棟大樓背後的夜空，我看到一顆流星！你告訴那個中學女生，但是她不說話，藍色的！你強調，但是她還是不說話！於是你就走到那個老頭子和老太婆的面前說：我看到一顆流星！眞的！你向無言的兩個老人強調說，但是他的眼神冷漠地望著你，她的眼神也冷漠地望著你，你然後更走近他們兩人對老頭說我知道你從前怎麼會娶她，因爲你在想她的時候看到一顆藍色的流星掠過非常台北的天空！老頭漠然地望著你，你於是轉而對老太婆說我知道你從前爲什麼會嫁給他，因爲你看到一顆藍色的流星掠過非常台北的天空時及時許了你的少女的願望！老太婆漠然地望著你，你望著漠然的她，望著漠然的他，然後你望著仍然倚著站牌望著在冬天的夜晚非常台北的今晚的天空的那個中學女生，車來了，所有望著的人都不再望了而拚命地在車門口擠著，〇南的公車，遇到紅燈，司機就煞車，綠燈就通行，你坐在車子後座靠窗的位子上望著流逝的街景哼一首小學時候你天天上學放學都在唱的歌：清早上學去走路守秩序大家靠邊走路上別遊戲人行道保平安斑馬線最安全穿過馬路最危險紅燈一亮我就停綠燈一亮可通行放學快快回家去平安回——家——去——你一遍又一遍地唱給自己聽，一直唱到你的聲音被一陣陣淒厲的麥克風的聲音嚇住了才停下來，現在，你發覺公車被堵死在擠塞的交通之中，你推開車窗，冷風夾著喧鬧的聲音吹來，探出頭，你於是看到癱死在公路上鳴著喇叭的大大小小的車子，看到街上有家鐘錶店門口掛著的電子計時鐘說現在是晚上九點五十二分！「幹你娘！」你突然聽到有人在大街上如是說，「他媽的！」有另外一人立刻不甘示弱地回罵道，然後，你看到一個粗壯的漢子走出計程車，看到他一面嚼著檳榔，一面理直氣壯地大聲責罵撞到他車尾的公車司機，你看到那公車司機也大聲責備是計程車司機自己不遵守交通規則，當然，他們誰都不讓誰，當街就大罵起三字經來了，幸好，這時交通稍稍流暢了，前面的車緩緩駛動了，後面的車也不耐煩地按響喇叭，於是，那個吃檳榔的計程車司機只好鑽回車裡，發動引擎，逃離現場，噗！噗！噗！除了黑煙，只留下一連串的「幹你娘！」「幹你祖媽！」「幹！」「幹！」「幹！」那個公車司機，也就是你坐的這部○南車的老司機，只好一面發動引擎，一面大聲地跟計程車司機留下來的「幹！幹！幹！」抗戰，你聽到他大聲地嚷嚷「我操他媽的個×！」「他奶奶的！」「他媽的！」「操！」「操！」「操！」然後，這些聲音很快地被車外傳來的聲音淹沒了，現在，你聽不到他在罵些什麼了，你看到的只是他喃喃叨唸著的嘴，你看到他一手扶著駕駛盤，另一手掏菸，點火，吧嗒吧嗒地吞吐煙霧，於是，你的注意力便轉向窗外的街景，你因此看到在不遠處隔條街的社區公園裡密密麻麻的人群，你聽到一陣陣淒厲的麥克風聲音間雜著群眾的鼓掌聲在夜空中張揚著，你從黑壓壓一片的人群的頭上的夜空看過去，你於是看到在一座臨時搭架的演講台上有一個披著紅布條的中年男人正在聲嘶力竭地向群眾宣教，「自絕」？爲什麼要自殺呢？你想，難道是事先張揚的自盡嗎？哦，錯了！你仔細看，這時你才知道你聽錯了，你看到斗大的紅布條上的標語「民主」、「自決」，你聽到台上的候選人沙啞著嗓音說：「台灣的前途要由全台灣一千八百萬的住民自決！」車子又發動了，駛過一條街，轉向南昌路，人群看不見了，十字路口，綠燈，司機熟練地左轉，車子駛在南海路上，「亞細亞的孤兒，在風中哭泣……」，這時，收音機傳來的歌聲掩蓋了那條街上立法委員候選人政見發表的宣言，你耳聽車廂響著的羅大佑沙啞的歌聲，眼觀車窗外流逝的街景，心裡思想著剛剛聽到的某候選人的政見，你想，這應該算是國內的時事吧！台灣的前途，沒錯，這當然是非常重要的時事，補習班的三民主義老師不時地會在講台上提醒同學們說，三民主義這一科，除了熟背教科書，還要注意報紙上的國內外大事，這樣，才有更大的可能得到高分！既然，你想，既然現在據統計台灣有一千八百萬的住民，那麼，台灣的前途當然要由住在這裡的一千八百萬人來決定，廢話！你想，這根本就是……就是……就是……，你想，如果不由我們自己決定我們自己的前途，難道是要由美國？日本？或蘇俄……來決定嗎？如果這樣，這不就如同晚清時代類如上海等等大城的各國租借地一樣了嗎？你記得，小時候看李小龍的電影時，當他把掛在公園門口的木牌——「華人和狗不准進入」——踢碎時，你是多麼地痛快！現在，……現在，車子駛在重慶南路上了，但是，你想，但是，全台灣的一千八百萬人要如何來決定台灣的前途呢？媽媽只是個靠擺麵攤營生的老婦人，姊姊只是個紡織廠的女工，而我只是個卑微的、無自信的大學重考生，我們這一家要如何來決定台灣的前途？大家都說，我的前途的明暗全在於是否能考上大學來決定，那麼，這「自決」的政見到底與我有何相干呢？你想，我只知道在考場上必須答「三民主義統一中國」是我國的基本國策才能拿分數，其他的論調在考場上都不能算數的！〇南的公車仍然往路的前方開，乘客下車又上車，一站過了又是另一站，而羅大佑的〈亞細亞的孤兒〉已經不知在什麼時候播送完畢了！現在，司機突然來個急轉彎，繞過古台北城時候的南門，駛在愛國西路上了，你坐在搖搖晃晃的車廂上，聽著羅大佑從車廂的喇叭再度傳出來的歌聲「飄來飄去飄來飄去飄來……」你看到在車子後方逐漸遠離的燈火輝煌的「中正紀念堂」的巨型建築，車子駛在幽暗的林蔭大道上，駛過一所師範專科學校的校舍，駛過一棟門禁森嚴的建築物，你看到分散地站在陰暗的角落執勤的憲兵，他們一個個戴著白色的頭盔，軍服齊整，端槍守衛，你聽過人家說這裡是「警備總部」！但是，你不知道它和警察局有什麼差別？你不知道它存在的意義？你不知道它扮演的角色？你不知道……？現在，你知道車子就要駛在車如流水的中華路上了，因爲你看到不遠處戍守小南門的憲兵正在交接衛兵，你看到轟隆轟隆駛過的火車，一明一滅閃著紅色號誌的示警燈，當街攔路的平交道鐵柵欄，南下的火車過了，北上的火車來了，柵欄升起來了，等待的摩托車騎士立刻猛催油門焦慮地往前衝！衝！衝！公車停了，你在中華路的○南站牌下了車，往前走，走過一條十字街的街口，然後你在中華路三重客運的站牌下等待開往輔大的班車駛來，車子在你等得不耐煩的時候及時來了，一群捧著精裝的原文書的夜大女生嘻嘻哈哈地走下車，你看到她們嘰嘰喳喳地往西門町鬧區的霓虹燈光裡走去，「小時候，從哭聲裡長大，……長大了，又迷失於都市的霓虹的燈彩裡。」那年秋天，你背上台北那所著名的中學的新書包，登上北駛的火車，在故鄉的火車站的月台上你的母親搖著手的身影一如電影裡頭常見的送別畫面那樣隨著火車的遠行而在你的視界裡頭變得愈來愈小，愈來愈小，當母親的身影必得在思念中方能目睹的時候，初次離家，在繁華的城市求學的你，很快地便迷失在都市的霓虹的燈彩裡了，那時候，意志不堅，獨立性不強的你於是就逃學到西門町的街頭遊蕩，那時候，你不知道，對你來說，前途是什麼意義？你不知道，對你來說，生活是怎麼回事？你飄來飄去，飄來飄去，背著那只印有校名的帆布新書包，書包裡頭裝有幾本教科書、參考書、筆記本，偶爾會有一兩本黃色小說或寫給你在公車上天天相遇的女中的某位不知名的女子的信，那時候，你已經忘記了那只書包還裝著你的母親對你懷抱的深深期望！那時候，你只想著這城市是再也不能待下去了！你只想著……想著想著的你，有一天卻無意中在武昌街一家咖啡店騎樓下的書攤上讀到了楊喚的詩集，「小時候，從哭聲裡長大，使我的日子蒼白又憂鬱，長大了，又迷失於都市五彩的霓虹燈裡，Y．H，你在哪裡？Y．H，你在哪裡？」是的，我在哪裡？我到底在哪裡？頭一次，生命裡頭的第一次，你離鄉背井，一個人在都市的街頭上問自己：你在哪裡？於是，長久以來，源於思春期的男孩對於異性的渴愛心理加之對於生命的發問，十六歲的你，在心底深處便突地湧起一股寫詩的熱情，那之後，你不再在街頭流浪了，逃學時候的你不是窩在賃居的住處讀世界文學名著，便是坐在書桌上跟人家寫有的沒有的「詩」，你記得，你的處女詩的第一句是這樣寫的：十六歲／流浪的雲一般的年齡……當然，這是一句模仿楊喚的「詩句」！從一開始，你已經自知自己徒有寫詩的熱情而沒有寫詩的才情，但是，你並不因此感到喪志，在日記本上，你悄悄地告訴自己說：我有太多的話要向全世界的人說，因此，寫詩並不適合我，我應該去寫大部頭的長篇小說！是的，現在，你終於完成一篇小說了，雖然那只不過是不到一萬字的「短篇小說」，但，「凡事起頭難」！「行遠必自邇」！「有恆爲成功之母」！「凡辛勤耕種者，必歡樂收割」！只要廿歲的你繼續努力地寫下去，有一天，你一定能完成一本大部頭的長篇小說的！現在，三重客運往輔大的車從中華路轉到重慶南路，綠燈，司機於是右轉在開封街的站牌前停車，上來一堆回三重和新莊的乘客，有人在車廂裡抽菸，空氣被污染了，雖然你今天寫稿的時候也抽了一包菸，但現在的你對車廂裡的菸仍然感到難以忍受，你坐立不安地看著身旁悠然吞吐拎著一只公事包的中年男人，你想，遠的管不到，最少，我應該「請」身旁這人不要在車廂裡抽菸才是！你於是傾身要向這位乘客說……但，一如所有的中國人一樣，你欲言又止，你發現你並沒有養成習慣去要求人家不要在不該抽菸的地方抽菸，你感到沮喪，自己在心裡生著自己的悶氣，你試著鼓起勇氣再次傾身張口欲言，但，惘然！你終究沒有勇氣指責不對的行爲！你對自己感到極度地失望！你在心裡責備自己：我怎麼這樣懦弱呢？對眼前的不合理竟然沒有勇氣加以指正！這樣，寫作的時候，我又怎麼能夠大聲說話呢？我不能成爲「言語的巨人，行動的侏儒」！我必須……你必須把車窗打開，讓流動在台北市的夜風吹散車廂裡頭污濁的空氣，如果你不敢叫鄰座的人熄掉手上的菸！現在，你打開車窗了，一股冷空氣自窗外急速地灌入疾馳的車廂裡頭，你還來不及哆嗦一下，「嗒」地一聲，你身旁的那位仁兄已然很快地把車窗關上，你一臉無奈地看著他那對你怒目相向的眼神，於是，你便噤聲不語，看著窗外流逝的街景，生自己的悶氣了。車子現在又在中華路的平交道前停下來了，噹噹噹噹——所有要穿越這座平交道的汽車和機車都被鐵柵欄攔下來了，噹噹噹噹——火車還沒有來，有一些搶時間的行人於是拿自己的一輩子下賭注急急忙忙地穿越平交道，噹噹噹噹——南下的火車轟隆轟隆地駛過來了，噹噹噹噹——火車過去了，噹噹噹噹——又有些行人搶越平交道了，噹噹噹噹——轟隆轟隆——一列由南方駛來的莒光號列車疾馳而過，那年，楊喚就是為了趕一場星期日的勞軍電影而這樣慘死於鐵輪之下的！噹噹噹噹……鐵柵欄緩緩升起了，機車率先奔馳而出，大汽車和小轎車也紛紛在路面滑動了，那個禮拜天，寫詩的青年楊喚就一個人血肉模糊地靜靜躺在那裡寫「詩」，寫完最後的那首「詩」，他就可以安心地睡了，在喧囂的塵世裡不受干擾地入夢，在夢裡，他不必再為詩句的意象什麼的張力的什麼的和什麼的等等費心推敲了，他不必再為貧窮而飽受折磨了，不必再忍受情愛的磨難了，他不必，不必再為詩人的頭銜，不必再為「走不走得進歷史」而焚心了，他不必，不必再為身為一個人而飽受人生憂患的歷練了，在夢中，在他那長久的不醒的睡夢中，他也許可以想見在他的後來者會有人朗讀著他曾經寫下的詩句走過一段困頓迷茫的少年歲月吧！但是，這些都不重要了，儘管外面的世界是吵得多麼熱鬧，他仍然在他的夢土上安眠著，在繁華的西門町，在鐵輪子終年不休地滾動傾軋著的地層下，他仍然安眠一如熟睡的嬰兒，Y．H，你在哪裡？你在哪裡？你現在坐在三重客運駛往輔大的班車上，車子現在已經駛在車如流水的成都路上了，電影院，西餐廳，純喫茶的情人咖啡廳，服飾店，皮件行，理髮廳，美容院，婦產科月經規則術陰道整型陰道滴蟲……車子在國賓戲院前的十字路口上停了下來，紅燈，你看到車窗下頭有皮條客當街向等候綠燈的機車騎士拉生意，銀馬車，韓國烤肉店，理髮廳，理髮廳，理髮廳，你看到在那明亮著四盞三色燈下的理髮廳的門前有個擦鞋的擔子擺在那裡，人家說，凡是……就是有「馬殺雞」的地方！你坐在車廂的座位上瀏覽著滿街流逝的霓虹的燈彩，泌尿科早洩陽痿精割包皮下疳……在想像中，你彷彿看到自己因爲好奇心的驅使，在某年某月的某一天，穿著筆挺的西裝，趿著一雙烏亮的皮鞋，躲躲藏藏地閃入那深咖啡色的玻璃門內的天地舒展身心，那時候，當你再次走出理髮廳的大門時，你會哼著某首不成曲調的流行歌曲，在西門町的街頭上，你腳穿那雙擦得比先前更加亮得不像話的皮鞋踢踢拖拖地走入那慾望亟待滿足的人群裡，並且，在內心裡，安撫自己從入學以來在國小的「生活與倫理」和中學的「公民與道德」課堂上薰染受教的道德感，說：在廿世紀八十年代，在大眾消費文明造就的都市生活的風尙感染下，爲了廣泛而深刻地瞭解台北人的生活種種，有志於小說寫作的我，有絕對的必要親身去體驗在我們的社會所存有的現象的種種……，這樣，你多多少少會減輕一些羞恥感，反正，一切都是爲了寫小說！就像有人爲了描寫舞女的生活而親身下海一樣！而且，人家不是都說作家的生活一定非常浪漫的嗎？問題是，對你來說，現在你必須知道你的身上並沒有多少錢，而且，你以後也不可能會有多餘的錢讓你去做吃飯以外的事，而且，你也不是作家，而且，實在說來，你知道你自己永遠不會也不敢去做那種一般人認爲「不好」的事的！因此，你就不必再去胡思亂想了，看看窗外，車子已經上了中興橋了，遠處，你看到淡水河岸明閃的燈火沒有？好！你告訴自己說：「看到了。」但，問題是看到了那足以啓發在台北的現代詩人寫詩的靈感的淡水河畔的燈火的你卻對眼前的夜景毫無感覺，你想，如果我還是停留在十六歲充滿詩心的年紀的話我一定可以即興寫成一首描寫淡水河的夜景的詩的……然而，「君非海明威此一起碼認識之必要」，因此，你就不必風騷了！現在，你從冥想的世界回到車廂的座位上了，你這才發覺你鄰座的那位仁兄剛剛又掏出一根香菸坐在那裡目中無人陶然自得地呑雲吐霧了，咳！咳！咳！你裝模作樣地咳著，但，他並沒有理會你的反應——就像一個四肢健全身強力壯的成年男子坐在公車的博愛座上，當他看到上來一個小兒痲痺患者的乘客時立刻把頭撇向窗外或者閉目養神，同時告訴自己：我什麼都沒看到！……於是，你就故意打開車窗讓冷風吹散彌漫的煙氣，風，刷—刷地從窗縫灌進來，這次，他並沒有把窗子關上，你只好哆嗦著望著窗外急速流逝的街景，而車是駛在中興橋上，你立刻聞到從橋下污髒的河面溢揚起來的臭氣，因此，你必須選擇，你必須在忍受車廂內污濁的空氣與窗外又冷又臭的空氣之間選擇一種來呼吸，你不經多少掙扎，伸手，輕輕地拉上車窗，擋住了窗外冷臭的寒風，閉起眼睛，在呼吸著尼古丁的氣流中你沉入睡鄉，但在睡夢中，你被不息的想像的夢境追逐不捨，你於是墜入朦朧的彷彿眞實的世界，在冬日的下午，你看到一群小孩騎著單車從山坡道上滑下公路，他們呼喚著，吆喝著，在一座水泥橋頭旁的草地上停了下來，然後，你看到，你看到他們鎖好腳踏車，一個個依次地走在通往溪谷的斜坡泥徑上，他們涉過齊膝的溪水，在對岸的砂石地上，他們循著溪流的源頭處走去，許久之後，他們爬上一道土坡，穿越一處濃密的竹林地，赤足走在田埂路上，然後，他們在廣漠的河谷地的菜園子裡，拔取一個個碩大的地瓜，於是，在乾燥的溪岸砂石地上，他們立刻合力砌灶、撿柴、生火、烤地瓜，你看到一縷輕煙在溪谷的天空中嬝嬝升起，你聞到烤地瓜的香味了，但，張開眼，你卻看到車正行駛過縱貫公路旁一家家大大小小的工廠，味全食品工廠、太平洋電線電纜股份有限公司、五燈標誌的田邊製藥廠、金龍牙刷、勤益紡織廠、東元電機、汽車廠、鐵工廠、海霸王餐飲店、美術廣告社、施工中的地下道工程、中學、小學、紅燈，車子停了下來，擠！擠！擠！綠燈亮了，駛！駛！駛！車子駛過道路兩邊的街景，終於在新莊國中對面的新莊車站再度停車，擠！擠！擠！下車的乘客才擠下去，擠！擠！擠！上車的乘客很快又擠上來了，你實在搞不懂台灣的人口怎麼會這樣地多？如果……如果……車行不久，你再度不自禁地陷入瞌睡之中，現在，你看到一個小男孩一面啃著剛剛烤熟的地瓜，一面急惶惶地離開同伴，搗著肚皮，往竹林的幽深處跑去，然後，他找到一處草叢，來不及仔細觀察地形地物，你看到他脫了褲子，蹲下，嗯嗯嗯嗯，在竹林的上空有朵朵雲彩飄來飄去，風吹過來，竹子便搖得窸窸窣窣，而那男孩用竹片子揩了屁股便站起來了，滿臉是汗，哈哈哈哈，舒暢悠然地穿好褲子，你走向前，想拍拍他的肩，但他才一轉身，你便發現那個男孩原來就是少年時代的你自己，你因而醒來，車掌小姐就在你的身旁，她喚醒你說：「先生，終點站到了。」「哦，對不起！」你說，「謝謝。」在輔大的校門口下車後，你便沿著縱貫公路南行，你走在水泥步道上，機車和汽車駛在公路上，看不到的星星和月亮在黑煙和烏雲密布的夜空之外，你看到步道旁鐵絲網上掛著圓形鋁板的標語字，你一面向前走，一面讀著那幾個字：誠—徵—女—作—業—員——「找誰？」在會客室工廠的警衛大聲問你說，你怯怯地回答說：「找我姊姊。」「那麼晚了！哪一位？」「×××。」「不認識！哪個單位的？」「縫製課。」「工卡號碼呢？」「不是下班了嗎？住宿舍的。」「還在加班啦！」「這麼晚了？」「知道嗎？快，我幫你打外找。」「○○一一。」「好，你等一下。」「謝謝！」你說，你看到那門警對著麥克風傳話——縫製課○○一一……外找！幾點了？你想，上一次注意時間是在街上一家鐘錶店的門前，你記得，當時彷彿是晚上九點過五十二分了，那麼，此刻究竟是幾點幾分了呢？姊姊穿過廠區微明的步道來到你的面前，說：「那麼晚了找我有急要的事嗎？都已經要十一點了。」你看到姊姊看錶，「生活費沒了，」你說，「姊，你近來好嗎？」「不好！」她說，從夾克的口袋掏出一個小錢包，然後，她打開錢包，塞給你一疊百元的紙鈔，你把錢收好，「功課準備得如何？有沒有把握？」「不太有信心。」「怎麼可以！對自己要有信心。」她責備你說，「只要步子一天天踩穩著走下去就好！至於考不考得上還在其次，但信心一定要有的。好了，回去吧！要搭不上車了！我也要回去工作呢。」「姊，」「怎麼？還有事嗎？」「姊，我想還是不考了！」「又來了，你！」她生氣了，「不考你要幹什麼？」「我也到工廠做工！」「不要再對我說這種沒志氣的話了！……回去吧！晚了。」「姊，」「怎麼？又有什麼事嗎？」「我想我還是不考大學好。」「以後再說罷！……不上大學，」她想了一下又問說：「你要做什麼？」「我要寫小說！」「寫小說？你能嗎？」「我剛剛寫好一篇小說，大概有一萬個字！你要不要看？我帶在身上呢。」「眞的！」她面露欣喜的神色，「你可以寫小說嗎？是不是你以後也可以成爲一個作家呢？」「只要我繼續不斷地寫，」你說，「我想我一定會成功的……。」「姊——」「嗯？」「姊，如果我不考大學，我可以到工廠做工，體驗生活，觀察人和社會，晚上，我可以讀書、寫作……。」「再說罷！回去了，替媽媽設想一下，大學還是要去考的，好嗎？……好了，回去罷！以後再聊，我要回去工作了，走！我要看你上車。」

「好罷！」你說，「姊，再見！」

「再見。」

天問

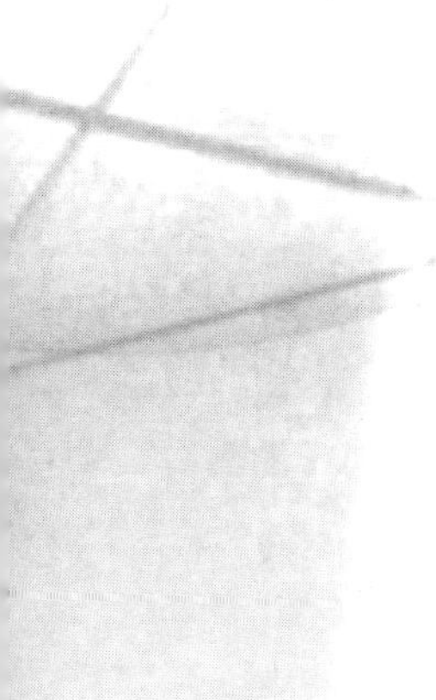

我面對樓梯，靠著牆，坐在冰涼的水泥地板上等待尙初之從外頭回來。我的手上握著那只牛皮紙袋，紙袋裡頭裝的是我的小說處女作——〈浪子回家〉；我的眼睛愣愣地望著前方一級一級蜿蜒而上的樓梯；我的耳朵卻一點也不馬虎，專注地傾聽著這公寓房子上下四周的動靜。現在，對我來說，最實在的事莫過於突然聽到一陣短促的腳踏車的煞車聲在樓下已然安靜的夜晚響起；然後，我知道，然後我會聽見開關鐵門的碰響聲，坐在水泥地板上的我於是可以靠著牆想像：我的朋友尙會哼著不成曲調的口哨聲心情愉快地把腳踏車抬上二樓的樓梯間停放妥當；再來，再來我就會聽到「蹬蹬蹬蹬」拾級而上的腳步聲；然後，一定神，我便會發現那尙初之已然站在我的身前，一面掏出鑰匙一面笑著問我說：「什麼時候到的？等很久了罷！」再然後，我可以預想我將會處於一種極端期待而不安的複雜情境，喝著酒，看著尙他那認眞地讀著我的作品——〈浪子回家〉——的神情，等待著尙對我寫小說的才華的宣判。

但，這一切仍然只是我的想像而已！從起始到現在，我所經歷的心境和情境都不過是我個人腦子裡的胡思亂想而已！一切都是虛構的。

事實是，尙一直都沒有回來。

我不知道現在幾點了？但我知道的是夜已經很深了，尙是一定不會回來的！下了樓梯，我走在寂暗的巷道上，冷風一陣陣地吹拂著我那已然疲倦的面容。在巷子口，我忽然聞到一股腐臭的氣味，我不由地以手掩鼻，急步走開；同時，我看到，在一根電線杆旁堆著一包包用塑膠袋裝的垃圾，穢物就從沒有封緊的袋口流出來，臭味於是由此飄散開來。我往前疾走，「坐啦！呷麵？呷肉圓？」沒多久，我經過一擔麵攤；在黃亮的燈光照耀下，我看到一張老婦人的臉。我沒有停下來吃麵；但我立刻想到母親的臉。我知道，在此刻，在寒冷的冬夜，我的母親仍然在家鄉媽祖廟口的老榕樹下賣麵的！而姊姊因爲明天工廠趕著出貨也仍在加夜班！我卻不念書，在街頭流浪！我感到慚愧，我想，我也許應該替媽媽和姊姊著想，從今以後，努力用功，考取一所理想的大學，讓母親和姊姊在親友鄰人之間抬得起頭！也許我應該暫時澆息內心那股成爲一個小說家的渴望，畢竟，文學的路是一條漫長、坎坷且不確定的路呀！也許我根本就沒有寫小說的才華的！也許我對生活不該有太大的期望的！也許，對我來說，也許考個理想的大學，當完兵，再找個舒服高薪的工作，然後，娶個老婆，生兩個小孩，「男孩女孩一樣好！」有自己的洋房，買汽車，有一切現代化的生活享受，從禮拜一到禮拜五，我固定六點起床，刷牙、洗臉、上廁所，然後換上一身高級的運動服，穿上愛迪達的慢跑鞋，到公園裡頭早安晨跑，呼吸「新鮮的」空氣，回到家，我可以先沖個熱水的淋浴，然後，坐在餐桌上吸收太太爲我準備的營養早餐，然後，我跟倚在門口的太太道別，開車載送兩個小孩到幼稚園，再上班去！每天，我固定在八點打上班卡，然後坐在辦公桌處理零零散散送來的公文，喝喝茶，跟同事聊聊今天的天氣——哈哈哈！石油漲價了！討論棒球賽！……然後，十二點，我準時打下班卡，午餐。也許，也許最初我會本分地在辦公桌上吃太太為我準備的「愛心」便當，然後，喝杯烏龍茶，再看看早上辦公時已經看過的報紙，然後趴在桌上午休。然而，幾年之後，當我升為主管之後，我就不再待在辦公室了，那時，我會到外頭的餐館飲酒，然後「馬一馬」！再來，當我升為主官之後，每天中午，我也許有能力養個「午妻」什麼的！下午一點，我再打一次上班卡，然後坐下來喝茶，看報紙，跟同事聊聊今天的天氣——呼呼呼！偶爾看看公文，上廁所小便，四點，我絕對準時地打下班卡，回家吃晚飯！然而，這也是最初幾年的事而已！再來，再來我的太太和小孩就會要求我響應「爸爸回家吃晚飯」的「第六倫」運動……星期六，上半天班，午餐後我可以好好地睡個大頭覺，在黃昏時醒來，然後為了保持身材我應該抱個籃球，到社區的球場上投投籃；晚飯後，我陪太太、小孩看電視，先看卡通影片，再看「大家一起來！」，然後繼續看沒有新聞的新聞報告，然後一週來最重要的時刻到了——我們，全家福，從八點到九點半共同活在港劇所捏造的荒謬奇幻的武俠時空之中，之後，太太把小孩送上床睡覺，我起身把門戶關好，到廚房看看瓦斯有沒有洩氣？太太說：「一個禮拜又過去了！」我說：「是啊！時間過得眞快！」

「我們結婚幾年了？」一年！兩年！三年！五年！十年！廿年……是的，我們就這樣在禮拜六的晚上，等小孩睡了以後，坐下來，或者促膝談談！或者吵吵架！或者彼此冷然相對……，然後上床，或者做「愛」！或者睡覺！是的，我們就是這樣一天一天共同度過此生的。然後，天一亮，在美麗的星期天早晨，一家大小開車到郊外「遊」堆滿垃圾的「山」，「玩」被污染的「水」……。也許這就是我可以預見的一生？

我一面想，一面走著。現在，我已經走在縱貫公路上了。在橋頭的不遠處，我看到一個腰懷警棍和手槍的警察向我走來。

「這麼晚了，還在街頭遊蕩幹什麼？」他盤問我。

我停下步子，回答他說：

「我去找我的朋友。」

「朋友？」他說：「你在幹什麼？」

「我在寫小說！」

「什麼？」

「我是說，」我解釋說：「我今天剛寫完一篇小說……」

「你神經有問題！」他打斷我，「我是問你你的職業？」

「我是學生。」

「哪個學校？」

「不是！」

「怎麼不是？」

「我是說我在南陽街的補習班上課，重考生啦！」

「考大學？」

「是。」

「那你爲什麼不待在屋裡念書！」他說，「這麼晚了還在街上閒逛。」

「我找朋友啦！」我再說一次。

「你朋友是幹什麼的？」

「他是大學生。」我說。

「哦——」他用奇怪的眼神看著我。「你找他幹什麼？」

「討論問題。」

「什麼問題？」

我看到他的眼珠突然睜大了。

「我想請他給我的小說批評批評！」我說，「但是他不在。」

「哦——」他吭了一聲，「批評？」

「你手上拿什麼？」他指著我的右手。

「牛皮紙袋。」我說。

「我知道啦！」他有點不耐煩，「我是說袋子裡裝什麼？」

「哦，」我恍然大悟，「是我的處女作啦。」

「處女？」

「我的意思是說我完成的第一篇小說。」

「小說？」他仍然一臉狐疑的神色，「不是什麼傳單吧！」

「傳單？」我莫名其妙，於是打開紙袋說：「你要不要看看。」

他抽了兩張稿紙，看了看我寫在紙上的潦草字跡，皺了皺眉頭。

「走吧！」他說，「快點回家！現在是選舉期間，不要在街上遊蕩。」

我舉步往前走了幾步，停下來，我回過頭，問他：

「對不起！警察先生，請問現在幾點了？」

他拉開衣袖，看錶，說：「一點多了。」

「一點五分？」我再問他，「還是一點五十五分？」

「一點卅五分了。」他說。

「謝謝。」

我再次邁開步伐，往前進。在橋頭旁的派出所門前，我走行人專用的斑馬線，穿越公路。在往台北的公路右側，我在一棵尤加利樹旁的站牌下攔計程車；但我一直沒有看到夜行的計程車駛來。我於是決定徒步走過中興橋，到台北的市區搭計程車返回住處。

我走過兩座崗哨，然後進入架立在淡水河上的中興橋，這座橋走起來覺得很長，現在我已經走過位於水面上的橋身到達在沙洲上的橋身了。橋上的風很大，很冷；我瑟縮著身子，兩手插在口袋中，一步一步，不語地走著。夜深了，在白天總是擁擠的橋面上只有幾輛夜行的貨車偶爾駛過，我聽著耳旁呼嘯而過的轟隆聲，像個在雪地中跋涉的旅人一般行走在荒涼的橋上，無暇觀賞映照在河岸水面上的燈火。這時，我忽然聽到身後有規律的腳步聲響起，起先，那聲音是輕微遙遠的；我也就不大在意。但，漸漸地，那聲音愈來愈清晰了，我不用費心注意即可辨知那逐漸逼近我的聲音是兩個人踩著整齊的步伐所發出來的。我感到恐懼，那麼晚了，還會有誰在橋上行走呢？我不由地想到一般通俗的警匪電影裡常出現的畫面——跟蹤。然而，我知道，那只是我的想像而已。我告訴自己：像你這樣的人是還不夠資格讓人跟蹤的。現在，那腳步聲就在身後不遠處了，我聽出來那腳步聲是皮鞋上的響釘撞擊地面所發出的。來了，他們來了！我本能地閃讓一邊，於是我看到兩個憲兵停在我的前面，一前一後，前面一個端槍立正站好，後面一個戴大盤帽，沒有持槍；他們向右轉，正面對著我。

「你是幹什麼的？」那戴大盤帽、沒有持槍的憲兵說。

我想，他應該是班長罷。

「我要回家。」我說。

「你住哪裡？」

「台北，」我說，「台大附近。」

「爲什麼不搭車呢？」

「我身上的錢不夠。」我隨便扯個理由；然後，我轉頭，望著橋下。

「嗯，」他說。

我感覺到他在打量我，似乎想要知道什麼？

他說：「你不會想不開罷！年輕人。」

我轉過頭，衝著他笑。

「趕快回去罷！」他說，「不要在外頭逗留。」

他們向左轉，繼續往前走，一前一後，一、二，一、二，抬頭挺胸，踩著整齊一致的步伐。

我望著他們漸行漸遠的身影，啞然失笑。我才不會想不開呢！我繼續往前走。我爲什麼要自殺呢？雖然我一直考不上大學，但那也不值得我因此輕生的！我有愛我的媽媽和姊姊；何況，我剛剛寫完一篇將近一萬字的小說！我的文學之旅剛要啓程，我才不要死呢。這時，我竟然想起了我那在中秋夜溺水而死的朋友K。我不知道，一直到現在，我還是不知道他爲什麼會淹死？我以爲他是故意的！但我仍然無法確切知道K爲什麼要自殺？爲什麼人會有感到活不下去的時候呢？如果有一天我也面臨這種困境時，我該怎麼辦呢？……我不知道。現在，橋下又是一片緩緩流動的河水；我向下望了一眼那又髒又臭的淡水河，笑笑，對自己說：「即使再怎麼想不開，你也不能跳到這樣污濁的地方的！」

我是不怕死的！我想，因爲我並不知道死的滋味如何？爸爸去世的時候，我剛出生不久，什麼都不懂！

「姊，」我曾經問過爸爸的事，「爸爸是怎麼死的？」

「出車禍，」姊哀傷著，「摔死的！」

「痛不痛？」

「人家告訴我說，頭跌碎了，」姊吞了吞口水，「腦漿流了一地……。」

「就這樣死了？」

「是的，」姊說，「什麼都沒交代。」

「姊，」

「嗯？」

「死，可不可怕？」

然而，我還是不知道死的況味？那年，K的死，我雖然痛苦了一段時日；但，因爲沒有目睹過一個活生生的人死去的情形，對於死亡，我也就沒有感受到多大的恐懼。

我停下腳步，望著橋下映著點點燈火的淡水河，想像著善泳的K在臨死的剎那會是怎樣的一種情形呢？他怕不怕呢？死！多麼神祕、恐怖而充滿悲壯的美感的字眼呀！

「你知道徐志摩是怎麼死的嗎？」

我現在忽然記憶到在那個充滿死的氣味的中秋夜，臨下水前，K還曾經問過我這個問題的。現在，即使我早已無法記熟那首K最喜歡的志摩的詩，但我還可以背吟一、兩句來的——尋夢，撐一把長篙；向青草更青處漫溯……我不知道原來的詩句是不是這樣？但我仍然記得K把這首詩抄寫在每本教科書的扉頁上的剛勁遒健的字跡。

「是不是，」那時，我想了一下，說：「飛機失事死的？」

「是的，」K說，「即使死，也死得燦爛！激昂！像一團爆裂的火花，狂烈地燃燒著呀！」

可是……。我舉步，繼續向前走。可是K卻不曾把他那青春的肉身徹底燃燒便寂靜地赤裸著溺死於深水潭冰冷的水中了。爲什麼呢？難道對K來說赴死並不需要多大的內心掙扎嗎？對這人世難道竟不貪戀嗎？

對於死，我想我的看法是很「宿命」的。我以爲，每一個生命的死亡都是命定的——有人在大清早一出門便被摩托車撞死，有人騎摩托車上班時被擦身而過的貨卡車上滾落的重物壓死，有人則醉了酒開著卡車摔落百丈的山谷而死，有人淹死，有人則在火災中被燒死，有人被刀子殺死，有人則被仇家用手槍擊斃，還有人卻在欣賞激烈的球賽時心臟病發作而從搖椅上摔落地面休克而死……；當然，絕大多數的人都是躺在床上死去的。是的，就是這樣，沒有人可以例外，每個人都會有命定於他的那種死法的！我們，每一個人，在死期來臨前都可以對未盡的此生有所期望，並且朝著這目標努力；然而，我們，每一個人，我們必須知道事實上並沒有幾個人能夠按照自己對人生既定的計畫來完成自己生命的典型的！

我記得，在作文本子上，小學生的我曾經用毛筆字戰戰兢兢地寫下我這一生的志願。我記得，首先，我希望當一個「小學老師」；那是我這一生第一次寫作文時立下的志願。那年，我剛念完ㄅ、ㄆ、ㄇ、ㄈ，加＋減－和站起來、坐下，這是書、這是椅子；升上三年級才要開始背九九乘法的我就必須對未來的人生有所抱負了。現在，思考了好幾年「人為什麼活著？」的問題的我不由地對我們教育當局的遠見佩服得五體投地。後來，我不要當老師了；我立志當「少棒國手」；當「蛙人」；當「行政院長」；當「總統」；當「科學家」；當「數學家」；當「史懷哲」；當……當「作家」！

我想，如果我命定要成為一個偉大的作家的話，我就不可能莫名其妙地、荒謬地夭折而死的。儘管現代社會的意外死亡率是如此可怕的高！但我想那是不可能發生在我的身上的！問題是我怕這一次的志願又會再度改變，或者「壯志未酬身先死」！我的意思是說，我怕那個被一位叫做尼釆的德國哲學家宣判死刑的傢伙嫉妒我的寫作才華因而不給我足夠的時間去成就一個偉大的小說家！

我今年才廿歲，剛剛寫完一篇題為〈浪子回家〉的小說，我以為我應該有無限發展的可能性的！

一輛從背後駛來的計程車緩緩停靠在我的身旁，司機以著詢問的臉神望著我；我向他搖了搖手。在這個已然思考到最重要的問題的時候我實在不願意被打斷思緒！在冷夜的中興橋上，街燈孤寂著，河面平靜著，腳步聲規律地響著。前方，不遠處我看到一個長髮的女子向我緩緩走來。我低頭，沉思，走著。

然而，我是命定不能成爲一個作家的！此刻，我面臨了不能不有所抉擇的生命困境。我沉思著，走著，抬起頭的刹那，我看到那個向我緩緩走來的長髮女子突然止步，跨上橋的護欄，在颼颼冷風中顫巍巍地躍入橋下那死寂的污臭的黝暗的淡水河中。我驚愕著眼前的光景，猶疑了一下，來不及脫卸鞋子和衣服，我便不悔地縱身跳水企圖拯救一個瀕臨絕滅的活生生的生命。

現在，我感到寒慄而虛弱。水面上，我看不到那女子掙扎呼救的身影；緩緩地流動著的污濁的河水使我又冷又難受。我不行了！我知道我快要死了！這時，我懷疑是否自己所目睹的投河女子只是幻象？我不敢確定。我想，這一天來，我一直活在虛虛實實的回憶與概念世界中，我的心思是疲累了。是的，一定是幻象！根本沒有跳河自盡的女子。天這麼冷，夜這樣深，沒有人會在中興橋上遊蕩的！一定是我的幻覺。沒錯！我看到K了，我看到K赤裸著他那青春的男體從河面的另一岸向我游來；我於是無力地蹬腳、划水，努力向他游去。但，K不見了！我看到他突然在河面上消逝了。現在，我聽到K在我的身後呼叫了！我回過頭，我看到善泳的K竟然在河面上胡亂地打水掙扎著。K是不是抽筋了呢？我想。我雖乏力了，仍然奮力向K游去。救、救、救救、救命——呀!——K的面容浸入水中了，他那黑黑的頭髮浮在暗幽的水面上了，他的雙手胡亂地搖擺著，愈來愈短了，手也看不到了;K呢?我在茫寞的水面上尋找K。河堤上賞月的人群消逝了。橋面上轟隆隆地駛過夜行的貨卡。我看到身前一處畫著同心圓的水面，旋轉著!旋轉著!唉呀!我要死了!怎麼辦?我的腳無力地蹬著，身體被旋扭著，扭著!我不要!我不要死呀!我才廿歲!我還沒有眞正地生活過呀!我不要!這水怎麼這樣冷呢?我的肚子呑進臭髒的河水了!救!救!救救我呀!我還不要死!我才廿歲呀!我要寫小說，我還不想死呀!咦!我的處女作呢?我看到一頁頁的稿紙散落在水面上，漂浮著。沒有人會知道我寫過一篇〈浪子回家〉的小說了!我要死了!我看到K伸出手來拉著我的手，「我來帶你到一個地方。」「哪裡?」「不要問，」K說，「到了就知道。」「要去多久?」「這有關係嗎?」「我還想回來寫小說!」「寫小說?」K說，「有意義嗎?」「卡夫卡也是寫小說的!」我提醒K。「哦!」K說，「他只是感覺到苦悶而已!走吧。」不!我不要走!我不想走!我還想多活幾年。我想，那個被尼采判了死刑的傢伙最起碼也該讓我活到廿五歲的!我記得，楊喚是在廿五歲那年車禍死於西門町的鐵路平交道的。那麼，天呀!(我承認你是存在的。)求求你再給我五年的生命好不好?五年!只要五年!我一定會完成一本好的小說的。那時候，如果你認爲我活著對人世還有意義的話，我乞求你能夠再賜我廿年的生命，讓我活到四十五歲罷！我知道，這個年紀的三島由紀夫「爲了在日本一天天疾逝的美麗的古老傳統」而率同他所領導的「楯之會」的信徒切腹犧牲。我想，到那個年紀，我一定能夠寫出偉大的作品的！那時，我將了無悔憾地以身殉道的。或者，你竟慈悲地讓我活過六十歲，使我得以如同海明威那樣用風格獨特的作品表達一生的體驗；然後，因爲有感於生命力的枯竭無法再支持他的寫作生命時以獵槍自戕，結束這肉身的痛苦。我的老天呀！長久以來，我一直懷抱著巨大的想望，我渴望能夠感受到一種心境，那是舊俄時代一個老人的心境——在一天清晨，他醒來，然而爲了思想的絕望，他徬徨著，離家出走，在路上，他曾叩訪一所修道院的門，然後無望地重新啓程，在茫茫的大地上他對天發問，終於，他在一個無名的小站上病倒了，彌留時，他像孩子般嚎啕哭著：「大地上有千百萬的生靈在受苦，你們爲什麼卻只在這裡照顧一個雷翁・托爾斯泰？」於是，「死」降臨了；那是他說的「該祝福的死」來了。天！我多麼希望能夠像他一樣活到八十二歲，並且知道他到底在向天發問什麼？

但，你卻不給我機會。

我快死了！我知道，我要死了……，你竟然一點機會都不肯給我？狠！狠！哼！早知道，我就不跳下水來救那個投水的女子了！是的，沒有什麼長髮女子跳河自盡！一切都是幻象！是我想得太多了！我想，我一定病了！我想，即使眞地有人在我眼前跳水自殺，我也不該貿然救人的！首先，我想我並沒有十足的把握能夠把她救到岸上；何況，她是不想活的！再來，我已經寫了一篇小說，在不久的將來，我就可以擁有「作家」的頭銜了（只要我不斷地寫下去！），那時候，我也可以如同在台北的文人騷客那樣，頂著一張嘴，巡迴各大專院校演講；我可以面對台下一個個成長中的文藝青年談「我的寫作歷程」、「如何寫小說」、「我的愛情觀」、「我的文學觀」、「我的人生觀」，以及「小說家的條件」、「想像力的必要」、「文字鍛鍊的必要」、「技巧之必要」……等等，等等。但，我跳下來了。現在，我感覺到河水是那麼冰冷、惡臭，夜是如此的安靜，風吹拂著水面，吹掠著我的臉，好冷啊！我想，我的頭要沒入水中了，我的雙手已然掙扎無力了，我想，我就要死了，我想……我想我還是不要再想了！我已經想得太多了！算了！死了算了！寫什麼小說？爲什麼要寫呢？算了！死了罷！不要再掙扎了！沒什麼好留戀的！說，說再見罷！再見。

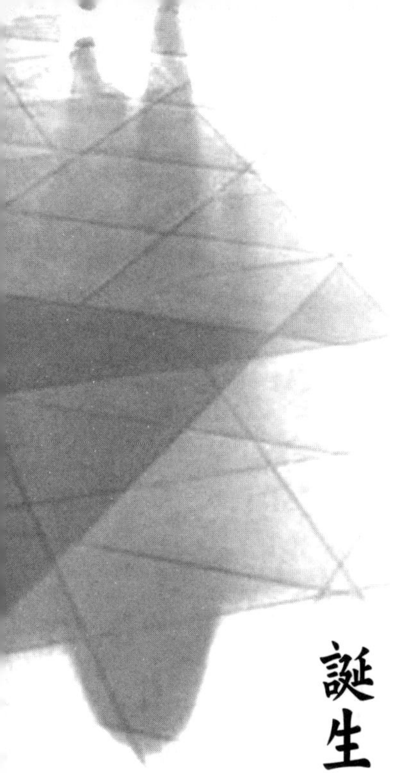

誕生

在中興橋下，人們沿著散落河岸的稿紙的位置打撈屍體。沙岸上站著一些無所事事觀望熱鬧的人。在淡水河南岸的三重市，一群住在臨河貧民區的小學生爬上水泥坡，他們在新築的二重疏洪道的防波長堤上遊戲。這是星期六的下午。冬陽從城市的樓房隙縫照來，暖暖地灑在孩子們嬉笑的臉上。

現在，在長堤上，有五個男孩沿著斜坡上上下下彎彎拐拐地騎著越野單車；有四個小女生單腳跳或雙腳跳，她們在「跳房子」；有三個男孩坐成一排，他們面臨著淡水河，遠遠地看著在河面上打撈的情形。

「你想今天撈得到屍體嗎？」坐在中間的男孩說。

「第三天了。」左邊那位說。

「那人爲什麼會淹死？」右邊的。

「他一定是自殺的。」左邊的。

「他爲什麼要自殺呢？」中間那位問說。

「我想他一定很難過！」

右邊那位說：「他爲什麼會很難過？」

「不知道？」

「也許，」中間那位說：「也許他是游泳淹死的？」

「水太髒了，」左邊那位說：「沒有人會在那裡游泳的！」

「你曾不曾在河裡游泳？」

「不曾，現在的河流都不能游泳了！」

「我們過去看看好不好？」

他們三人走過長堤，穿越車如流水的縱貫公路，走上中興橋。他們在橋的中段，沿著梯子，下到兩道水流之間寬廣的沙洲上。沙洲上有牛在吃草，有菜地，有地瓜田，有扶桑樹和雜草。他們沿著泥徑走到河岸，河岸上的人站在冷風和冬陽之中看；他們三人擠在人群之中看。一艘汽船靜靜地停在河面上。不一會，一名撈夫鑽出水面；搖搖頭。

「走吧！」

「去哪裡？」

「烤地瓜。」

他們離開人群。在地瓜田偷挖了幾粒碩大的地瓜，撿拾乾枯的草和樹枝，他們在橋墩旁的沙地上生起火來了。

現在，他們坐在橋下的沙地上啃食烤熟的地瓜。燒紅的炭火兀自燃著，輕煙縷縷地升起。這時，他們之中的一位突然摀著肚子，急急地向草堆之中跑去。他跑入草堆，看不到人影了，脫了褲子就要蹲下來。但，他忽然想到身上沒有衛生紙；他於是走出草叢遠遠地大聲問坐在橋墩旁的沙地上吃烤地瓜的同伴，「你們有沒有帶衛生紙？」「沒有。」他失望極了。但他仍然忍著走回草叢。然後他四處尋找可以代用的紙片。淡水河雖然污臭仍舊往大海的方向流去。他沿著河岸的下游走去，終於在河灘上找到一張紙；紙被河水沖在乾燥的沙岸上已經乾了。他撿起來，摺成小四方塊。他在自以爲無人發現的草叢中紓解完事了，他把紙攤開，仔細一看，驚見那張紙上密密麻麻地塡著一格格的字，字是用黑色的墨水寫的，水浸過後已然褪色得難以辨認了。他一面蹲著，一面認眞看了看那些字到底在寫些什麼？但他只能辨認出第一行那被水浸渙的四個字是——浪—子—回—家。他把紙撕成兩半，擦了兩次屁股。

「太硬了！」

他把穢紙胡亂丟在沙地上。

他穿好褲子，往橋墩那邊走去。

太陽西落了，天逐漸地黑了。

他想，我也該回家了。

30.	台灣原住民族漢語文學選集—散文卷(下)	孫大川主編	200元
31.	台灣原住民族漢語文學選集—小說卷(上)	孫大川主編	300元
32.	台灣原住民族漢語文學選集—小說卷(下)	孫大川主編	300元
33.	台灣原住民族漢語文學選集—評論卷(上)	孫大川主編	300元
34.	台灣原住民族漢語文學選集—評論卷(下)	孫大川主編	300元
35.	長袍春秋—李敖的文字世界	曾遊娜、吳創合著	280元
36.	天機	履 彊著	220元
37.	究極無賴	成英姝著	200元
38.	遠方	駱以軍著	290元
39.	學飛的盟盟	朱天心著	240元
40.	加羅林魚木花開	沈花末著	200元
41.	最後文告	郭 箏著	180元
42.	好個翹課天	郭 箏著	200元
43.	空望	劉大任著	260元
44.	醜行或浪漫	張 煒著	300元
45.	出走	施逢雨著	400元
46.	夜夜夜痲一二	紀蔚然著	180元
47.	桃之夭夭	王安憶著	200元
48.	蒙面叢林	吳音寧、馬訶士著	280元
49.	甕中人	伊格言著	230元
50.	橋上的孩子	陳 雪著	200元
51.	獵人們	朱天心著	即將出版
52.	異議分子	龔鵬程著	380元
53.	布衣生活	劉靜娟著	230元
54.	玫瑰阿修羅	林俊穎著	200元
55.	一人漂流	阮慶岳著	220元
56.	彼岸	王孝廉著	230元

POINT

1.	海洋遊俠—台灣尾的鯨豚	廖鴻基著	240元
2.	追巴黎的女人	蔡淑玲著	200元
3.	52個星期天	黃明堅著	220元
4.	娶太太，還是韓國人為好！?	日．篠原 令著／李芳譯	200元
5.	向某些自己道別	陳樂融著	220元
6.	從麻將桌到柏克萊	王莉民、劉無雙合著	200元
7.	星雲與你談心	星雲口述／鄭羽書筆記	220元
8.	漂島	廖鴻基著	240元
9.	那多三國事件簿之桃園三結義	那 多著	180元
10.	那多三國事件簿之曹操登場	那 多著	180元

文學叢書 057

一個青年小說家的誕生

作　　者　藍博洲
總 編 輯　初安民
責任編輯　高慧瑩
美術編輯　許秋山
校　　對　余淑宜　藍博洲　高慧瑩

發 行 人　張書銘
出　　版　INK印刻出版有限公司
台北縣中和市中正路800號13樓之3
電話：02-22281626
傳真：02-22281598
e-mail:ink.book@msa.hinet.net
法律顧問　漢全國際法律事務所
林春金律師

總 經 銷　成陽出版股份有限公司
訂購電話：03-3589000
訂購傳真：03-3581688
http://www.sudu.cc
郵政劃撥　19000691 成陽出版股份有限公司
印　　刷　海王印刷事業股份有限公司

出版日期　2004年5月 初版
ISBN 986-7810-94-5
定價　200元

國家圖書館出版品預行編目資料

一個青年小說家的誕生／藍博洲 著.
--初版，--臺北縣中和市：INK印刻，
2004〔民93〕面；　公分（文學叢書；57）

ISBN 986-7810-94-5（平裝）

857.7　　93007269

NK INK INK INK INK INK INK
K INK INK INK INK INK INK IN
NK INK INK INK INK INK INK
K INK INK INK INK INK INK IN
NK INK INK INK INK INK INK
K INK INK INK INK INK INK IN
NK INK INK INK INK INK INK
K INK INK INK INK INK INK IN
NK INK INK INK INK INK INK
K INK INK INK INK INK INK IN
NK INK INK INK INK INK INK
K INK INK INK INK INK INK IN
NK INK INK INK INK INK INK
K INK INK INK INK INK INK IN
NK INK INK INK INK INK INK
K INK INK INK INK INK INK IN
NK INK INK INK INK INK INK
K INK INK INK INK INK INK IN
NK INK INK INK INK INK INK
K INK INK INK INK INK INK IN
NK INK INK INK INK INK INK
K INK INK INK INK INK INK IN
NK INK INK INK INK INK INK
K INK INK INK INK INK INK IN
NK INK INK INK INK INK INK
K INK INK INK INK INK INK IN
NK INK INK INK INK INK INK